Ainsi vivent les baobabs

Roman

Écrire l'Afrique

Collection dirigée par Denis Pryen

Romans, récits, témoignages littéraires et sociologiques, cette collection reflète les multiples aspects du quotidien des Africains.

Dernières parutions

SHANDA TONME, *Elle s'appelait Augustine. La pandémie des églises de réveil en Afrique*, 2022.
SHANDA TONME, *Noir je le suis. Nègre je le suis aussi*, 2022.
Jonas MOULENDA, *Les blessures de mon âme,* 2022.
Samantha TRACY, *C'est lui l'homme*, 2022.
Rodrigue AKONO, *Tu mangeras ta craie,* 2022.
Géraldine Ida POUNDZA, *Sacrifiée*, 2022.
Sékou MAGASSOUBA et Sia CAMARA, *Sia*, 2022.
Radjiv BEWI, *La voix du sang. La Centrafrique depuis 2013, de l'antifrancisme au prorussisme*, 2022.
Adélaïde MUKANTABANA, *Apaiser la mémoire. Conversation avec mon frère Jean,* 2022.
Philippe MEYER-PASCAL, *Akwaba ou le prix des illusions*, 2022.
Valérie SOUBEIGA, *Partir, Roman*, 2021.
El Yezid YEZID, *Tazadit. La mine de fer. Roman*, 2021.
Jean-Marie MBAILAO, *Le Prostitué politique,* 2021
Mathe KISUGHU, *Une rose au pays des portes défoncées, Récit*, 2021.
Ousmane CISS, *Les Derniers des lâches. Rwanda, le tournant,* 2021.
Mohammed CISSÉ, *Le Palais-Royal*, 2021.
Cheikhna Aliou DIAGANA, *Triple saut vers Melilla du Maroc à l'Espagne*, 2021.
Eugène NTIONKEP, *La Pyramide des supplices, ou la guillotine au Cameroun,* 2021.
DJIBRIL, *Un fauteuil pour deux. Récit*, 2021.

Elodie MBAPE

Ainsi vivent les baobabs

Roman

5-7, rue de l'École-Polytechnique, 75005 Paris
http://www.editions-harmattan.fr
ISBN : 978-2-14-029805-9
EAN : 9782140298059

À ma muse, divine source d'inspiration.

À mes enfants, que j'aime tendrement.

À mes chers parents, Jules et Lydienne.

À ma fratrie bien-aimée.

À tous les enseignants de l'école La Roseraie, du Collège Libermann (Coliber), du Collège Alfred Saker (CAS), de l'Université de Buea (UB), de Montgomery College (MC), de l'Université de Virginie (UVA) et de l'Université de Montréal (UdeM) qui ont marqué d'un sceau indélébile mon parcours scolaire et plus particulièrement à Albert Azeyeh « Le Grand Prof », Régine Épée, Ndema Manfred, Mike Eckert, Kately Demougeot, John Lyons, Stéphanie Bérard, Claire Lyu et Marie-Claude Boivin.

À tata Margot, pour son soutien indéfectible.

À tous les proches qui m'ont accompagnée dans ce projet.

À la ville qui a nourri mon imagination.

Je vous dis merci.

Avant-propos

Cette œuvre est un projet que j'ai commencé à mûrir en 2004 sur les bancs d'école. Beaucoup d'eau a coulé sous les ponts depuis lors et c'est seulement en 2022 que j'ai pu l'achever après avoir traversé des moments particulièrement difficiles.

J'espère qu'elle apportera un brin d'espoir là où il en faut, un peu de clarté partout où il y a de l'ombre.

Je l'ai intitulée *Ainsi vivent les baobabs* pour des raisons que plusieurs lecteurs discerneront sans doute après lecture de sa première partie. C'est d'une ville, de ses décors et de ses habitants que j'ai voulu parler, tout en abordant des thèmes qui font partie intégrante de son histoire, de son présent et de son avenir – l'émigration, le mal du pays, l'indigence, l'exil, le rapport à la religion, le rapport à la langue en communauté multilingue, les tensions idéologiques nées de l'après-colonisation ou encore de la mondialisation, etc.

J'ai d'abord hésité à la faire publier parce qu'elle contient des passages en *camfranglais*, une langue hybride encore très peu connue à l'échelle mondiale. Mais il me paraît inapproprié de détacher certaines réalités de leur contexte sociolinguistique, au risque d'en perdre le caractère authentique. Le camfranglais m'a donc semblé avoir sa place ici, dans certains chapitres de l'œuvre, au même titre que le français ou les langues nationales du pays en relief. Gardons à l'esprit que la société décrite présente une riche diversité linguistique, avec deux langues officielles (le français et l'anglais), plus 200 langues locales recensées (que je m'abstiendrai d'énumérer pour écourter mon propos) ainsi que des langues d'appoint comme le camfranglais et le pidgin camerounais (qu'il serait plus difficile de catégoriser au sein du paysage linguistique représenté).

La première partie de l'œuvre dépeint la ville en adoptant une approche globale orientée vers le mélodrame tandis que la seconde propose une porte ouverte sur la vie de quelques personnages choisis à dessein parce qu'ils sont représentatifs des concepts et idées que je souhaite mettre en exergue.

Est-ce véritablement un roman? Quel est le genre littéraire de mon œuvre? Narratif ? Théâtral ? Poétique ? Argumentatif ? Épistolaire ? Je ne saurais le dire… Quand le cœur parle et la plume se délie, on se laisse aller…

Bonne lecture !

L'auteure.

PARTIE I
EXPOSITION

Ils assistent à la mise en scène de leur propre vie, impuissants comme ces êtres de papier qui voient se profiler au fil des pages une histoire qui est censée être la leur; aliénés à dessein et ironie dramatique voulant, étrangers au déroulement de leur existence même; évoluant malgré eux sous les doigts manipulateurs et parfois hésitants d'un auteur omniscient, insignifiants jusqu'à ce qu'ils commencent à prendre forme dans les détours d'une imagination fertile, audacieuse et débordante qui insufflera au matériau inerte qu'ils constituaient à l'origine, un dynamisme voulu et peut-être grandissant.

PANORAMIQUE

Le rideau se lève sur une ville portuaire en bordure de la côte Atlantique. Perle noire subsaharienne enrobée dans les mangroves de l'estuaire du Wouri, bordée aux rives du fleuve d'immenses palétuviers aux racines entremêlées, verdoyant de sa végétation luxuriante et de sa forêt ombrophile. Terre sablonneuse moulée sur un relief de vallées à fond plat. Oasis marécageuse où l'air pollué a l'odeur familière de l'habitude, et le vent chargé de particules de poussière répand son souffle sec sur des populations en perpétuelle effervescence. Petit coin de ciel humide et nuageux traversé en intermittence par les rayons du soleil, soleil ardent qui vous colle à la chair au point culminant de la saison sèche, soleil éclatant dont l'Afrique seule a le secret et qui, suspendu comme un lustre doré dans une gigantesque toile bleu azur, réchauffe les espoirs de plus de trois millions d'âmes agglomérées. Lumière sur Douala !

Douala, carrefour du patrimoine culturel local et des tendances modernistes, fleurissant entre les débris d'un passé colonial qui tiraille encore les entrailles ouvertes du *Plateau Joss*[1]. Un siècle d'histoire étouffée sous les décombres d'une ville en pleine mutation, où des vestiges

---

[1] Quartier administratif ayant abrité les bureaux de l'administration coloniale allemande (1884-1916), puis française (1916-1960). Ce lieu a été le siège de violentes tensions entre les autochtones et les Allemands au sujet de l'expropriation des terres dans le cadre du projet d'urbanisation *Gross Duala*. Des figures de résistance comme le roi Rudolf Douala Manga Bell et son cousin Adolf Ngosso Din ont sacrifié leur vie pour cette cause. Le quartier a conservé sa fonction administrative et s'appelle aujourd'hui Bonanjo. On y trouve des monuments devenus historiques comme l'ancien Tribunal des Races (actuel Palais de Justice) et le Palais des rois Bell (dit La Pagode).

qui ont vu rayonner la gloire de la dynastie des rois Bell sombrent à l'abandon au fil chancelant des époques…tandis que des monuments emblématiques jaillissent de terre et grimpent vers le ciel. Debout à la porte du vieux Rond-point Deïdo, une sculpture en matériaux de récupération de 12 mètres de haut, symbole controversé d'une *Nouvelle Liberté*[2], dominant un paysage urbain émaillé de groupes hétérogènes que le vivre-ensemble rapproche.

Douala, berceau de l'histoire d'une Afrique en miniature qui voit progressivement disparaître ses valeurs identitaires et profondes, nourrice d'une myriade de citadins imprégnés de la couleur locale mais marqués du sceau de l'Occident. Enfants légitimes du *mboa*[3], mais aussi filles et fils adoptifs d'une génération vouée au métissage de la pensée, partagés entre la continuité des pratiques héritées des ancêtres depuis la nuit des temps et l'invitation à la découverte de nouvelles pratiques dans un monde en mouvance où les cultures se rencontrent sans cesse. De la rencontre entre les héritages bantou, semi-bantou, soudanais et le double héritage linguistique de la colonisation, un parler aux reflets d'une communauté multilingue prend son essor au lendemain de la réunification – le *camfranglais*[4] ou l'expression d'une *camerounité* parfois mal assumée, vecteur de la diversité

---

[2] Sculpture contemporaine en matériaux recyclés. Produite par l'artiste Joseph-Francis Sumégné en 1996, *La Nouvelle Liberté* est située au Rond-point Deïdo et fait figure d'icône de la ville.

[3] Pays, terre natale, chez-soi (en langue douala et en camfranglais).

[4] Sabir et argot camerounais à base de français, d'anglais, de pidgin camerounais, de langues locales et de créations lexicales variées. Autrefois exclusif à la jeunesse camerounaise, le *camfranglais*, qui s'est développé dans les communautés estudiantines de Douala et de Yaoundé vers la fin des années 1970, s'est progressivement répandu à travers l'ensemble des villes du Cameroun. Il est aujourd'hui solidement ancré dans le paysage linguistique camerounais et s'apparente à une langue unificatrice au sein d'une société pluriethnique.

linguistique dans sa force créatrice, né dans les quartiers populaires de la ville mais parlé sur toute son étendue.

Douala, mosaïque de vies juxtaposées les unes aux autres sur une plateforme d'idéologies qui peuvent sembler incohérentes à quiconque cherche le fil de la cohérence dans la trame décousue du réel, au mépris du bizarre et du caractère souvent irrationnel du vrai. Théâtre de toutes les réalités, mais aussi des intrigues les plus romanesques, où les évènements s'enchaînent à toute vitesse...les histoires se croisent sans jamais se ressembler...les nuits bougent au rythme des noctambules ivres-joyeux qui enflamment les coins chauds des quartiers populaires comme la légendaire Rue de la joie[5], et les jours à la cadence effrénée des débrouillards issus des bidonvilles...les lendemains ont les contours sinueux de l'incertitude, mais laissent toujours entrevoir la lueur inextinguible de l'espoir...les années défilent l'une après l'autre avec la désinvolture tranquille du potentiel à l'état brut qui somnole...les superstitions se nourrissent de toutes les représentations culturelles ancrées dans l'imaginaire collectif et de la semence des esprits fertiles...les promesses électorales pourrissent à l'abandon après s'être accumulées en grand nombre, de même que les déchets nauséabonds qui jonchent les rues de Bépanda[6]... les grandes ambitions du nouveau millénaire luttent désespérément pour arriver à matérialisation ou s'expatrient en masse vers des horizons plus vastes...les décors tombent en désuétude par-ci ou s'embellissent par-là au fur et à mesure que les pages se tournent.

---

[5] Rue très animée à la tombée de la nuit et généralement bondée de monde. Située au quartier Deïdo, elle est célèbre pour sa nuisance sonore et ses activités de débauche. La rue et ses environs regorgent de snack-bars, de cabarets, de tavernes, de salles de jeu, de gargotes, d'auberges et de prostituées qui font la joie de certains noctambules.

[6] Quartier populeux connu pour son désordre urbain (insalubrité, insécurité et promiscuité).

Douala, dévoilée comme une page ouverte, à nu sous les célestes champs d'azur qui surplombent ses toitures de tôle. Une ville composite à découvert, déroulée en petits morceaux de paysages disparates sous un ciel bleu, un ciel plus bleu qu'ailleurs mais peut-être moins transparent qu'au loin là-bas, un ciel immense qui fait miroiter à l'œil avide du citadin rêveur des promesses infinies, incarnation des sommets rêvés mais encore inatteints de mémoire d'homme. Ciel-matrice béant à perte de vue et insondable, divine boîte à secrets où se projettent tantôt les aspirations de quelques jeunes talents en gestation dans le ventre infâme du populeux New-Bell, tantôt les prières vociférées d'une église de réveil en plein combat spirituel contre les forces du mal. Incommensurable toile de fond disparaissant dans ses propres profondeurs, déployée en voûte dans les hauteurs du firmament vaste, vaste comme l'est un rêve d'enfant qui s'étend sans discontinuité au-delà des frontières de la réalité pour se perdre, sans éclore ni s'éteindre, dans le brouillard opaque de l'avenir.

Chaque jour qui point à l'horizon annonce un nouveau chapitre qui s'ouvre sur des faits relativement ordinaires – lutte pour la survie des débrouillards des bas-fonds qui devancent le soleil à son lever et se couchent longtemps après lui, poursuite du mieux-être pour les privilégiés d'*en haut*[7] qui font battre le cœur de la capitale économique, course à l'ambition du génie créateur qui s'évertue à matérialiser le potentiel que ses contemporains n'ont pas encore exploité, quête existentielle des esprits éclairés qui sondent des vérités du ressort des initiés seuls, perpétuelles revendications de farouches opposants au pouvoir qui font

[7] L'expression *être en haut* (camfranglais) signifie avoir une bonne position sociale, être nanti. Selon le contexte, cette expression peut aussi signifier se trouver dans une position avantageuse, avoir la chance qui vous sourit, être heureux.

la chasse au Vieux Lion[8] sur les plateaux-télés des grandes chaînes privées concurrentes de la CRTV[9], continuelle recherche de soi ou d'un idéal, sempiternel train-train quotidien – que des citadins à l'imagination fantasque transformeront en conte de fées mettant en scène de vieilles sorcières, qui se changeraient en jeunes filles la nuit venue et voyageraient dans des boîtes de sardines vides ; en fable racontant les déboires d'un vieux renard de la politique dévoué à l'écriture de ses mémoires dans une cellule mal aérée du SED[10], ô pauvre créature démesurément ambitieuse qui avait osé croire pouvoir détrôner le Roi Lion d'Étoudi; en comédie rocambolesque digne d'un sketch de Jean Miché Kankan[11] et inspirée en grande partie des évènements insolites de la rue; en épopée célébrant à titre posthume une figure emblématique du nationalisme camerounais dont les forêts du Nyong-et-Kéllé content silencieusement la bravoure[12], un chanteur engagé qui avait jadis accusé la constitution d'être constipée[13], ou encore un journaliste Plume d'or de la liberté maintes fois emprisonné

---

[8] Éminente personnalité politique camerounaise, probablement la plus célèbre dans le domaine politique. Les termes « Vieux Lion », « Homme Lion » et « Lion d'Étoudi » sont communément employés pour désigner cette haute personnalité.

[9] La *Cameroon Radio Television* est le principal organisme public de radio-télévision au Cameroun.

[10] Secrétariat d'État à la Défense, haut lieu de la gendarmerie nationale.

[11] Célèbre humoriste camerounais.

[12] Allusion à Ruben Um Nyobè, pionnier de l'indépendance du peuple camerounais, assassiné par les colons en 1958 dans une forêt du Nyong-et-Kéllé, près de la localité de Boumnyebel en pays Bassa.

[13] Allusion à Lapiro de Mbanga, artiste engagé et auteur du morceau « Constitution constipée », qui fut censuré par le gouvernement dès sa sortie et valut au chanteur d'être incarcéré de 2008 à 2011, au terme d'un procès qu'il qualifia lui-même de « kafkaïen ». Considéré par de nombreux Camerounais comme un porte-parole des jeunes et des opprimés, il meurt en exil en 2014 dans la ville de New-York aux États-Unis, où il avait obtenu l'asile politique après sa détention.

pour avoir publié des informations gênantes sur la tête du parti au pouvoir[14]; souvent ils transformeront ces faits ordinaires en recueil de nouvelles, en chronique, en charade, en tragi-comédie et en d'autres genres mixtes, déformés, inventés ou même réinventés, qui se transmettront de bouche à oreille, se répandront aussi bien dans les médias cancans que dans les médias les plus fiables : le journal à deux sous bourré de fautes qui ne demande qu'à être vendu dans un petit kiosque en bordure de route et l'émission du week-end sur la FM 105 Suellaba. Le tout s'éparpillera dans les lieux de rencontre les plus en vogue – le bar de la rue, le tournedos du secteur, la supérette du coin, le *beignetariat* de *Mamie Makala*[15], le ministère de la diversité des viandes grillées et de la saveur garantie plus connu sous le nom de Ministère du Soya, les assemblées de jeunes qui se réunissent de façon régulière pendant des mois voire des années pour discuter de tout et de rien à un carrefour précis ou à un autre endroit jugé propice (sans que nul ne puisse retracer exactement l'origine du mouvement et encore moins expliquer les circonstances de sa dissolution), les salles de jeux vidéo dans les bidonvilles où de petits faiseurs de mur en uniforme scolaire s'imaginent manipuler le futur derrière leurs manettes, les stades de football où le brouhaha court à la même vitesse que le

---

[14] Allusion à Pius Njawé, fondateur du journal *Le Messager* et fervent défenseur de la liberté de presse au Cameroun. Lauréat du Prix de la libre expression en 1991 et Plume d'or de la liberté en 1993, il a été emprisonné à plusieurs reprises dans les années 1990 pour ses publications gênantes sur le leader du parti au pouvoir. Il trouve la mort en 2010 dans un accident de la circulation à Chesapeake aux États-Unis, où il était venu assister à un forum organisé par les forces de l'opposition camerounaise, réclamant l'alternance démocratique au sommet de l'État.

[15] Le terme beignetariat (camfranglais) désigne un lieu de préparation et de vente des beignets au Cameroun. Le surnom *Mamie Makala* (camfranglais) est souvent attribué aux vendeuses de beignets.

ballon, les cours des établissements scolaires où les aventures racontées par des adolescents pétris de créativité mêlent étroitement le vécu à quelque épisode d'une télénovela diffusée sur Canal 2[16], les salons de coiffure du centre-ville et de la périphérie où des commères manient le peigne et la langue médisante avec la même dextérité, les transports en commun où des individus entrent incognito mais ressortent toujours en laissant des empreintes derrière eux et en emportant quelquefois des anecdotes survenues en chemin, les cybercafés *high speed* connectés à toutes les fenêtres du monde et suspendus aux fils d'actualités d'une diaspora branchée Facebook, les grands espaces commerciaux appelés marchés où les nouvelles pimentées circulent prestement de comptoir en comptoir, le milieu des fonctionnaires où la quasi-inactivité accouche naturellement de quelques vices notamment d'un penchant bien connu pour les *on-dit*, et bien qu'on ne se le dise jamais soit par conformisme soit par ignorance, également dans des endroits blanchis à tort de tout soupçon comme les lieux de culte, les hôpitaux et le monde de l'entreprise. Bienvenue à Douala!

Douala, avec ses parfums nature – Pétrichor à l'arrivée des premières pluies de mars qui sonnent le glas de la saison sèche; air humide embaumé de la fraîche rosée du petit matin; exhalaisons aigres-douces des *sissongo*[17] sous la morsure du soleil de février; cheveux nourris au beurre de karité ou tresses engraissées d'huile de noix de coco; senteur de lait maternel et de *manyanga*[18] sur une peau soyeuse comme de la farine à foufou.

---

[16] Chaîne de télévision privée au Cameroun.

[17] Plante d'Afrique tropicale, également appelée herbe à éléphant.

[18] Mot du camfranglais, désigne l'huile de palmiste. Le *manyanga* est un produit biologique, accessible mais malodorant, qui possède des vertus hydratantes. Les produits à base de *manyanga* sont principalement utilisés pour les soins cosmétiques (savon, huile pour le corps, bain d'huile, etc.) en Afrique de l'Ouest et en Afrique Centrale.

Douala, avec ses parfums sauvages – Bouses fraîches semées le long du chemin par un troupeau de bœufs dans les environs de l'abattoir de Bonendalè; fumée de cuisine et épices fortes qui s'échappent d'une maison voisine et vous picotent les narines aux alentours de midi; touffes d'herbes arrosées d'urine par un soulard ou aspergées de crachats par un passant qui va son chemin; poils d'aisselles crasseux et auréoles jaunâtres sous les bras d'une chemise autrefois blanche dans un taxi en surcharge.

Douala, avec ses parfums de la débrouillardise – Formule beignets-haricot-bouillie à la tombée de la nuit dans une cabane en planches garnie de quelques bancs brinquebalants; grillades de maïs-*prunes*[19]-plantains au bord d'une ruelle poussiéreuse ou combinaison maquereau braisé-miondo[20]-boisson glacée à l'entrée d'un bar inondé de musique; paniers en rotin chargés de pains-sauce pimentée-viande ou de pains-œufs bouillis-piment dans le périmètre d'un chantier de construction, où des ouvriers-prolétaires travaillent littéralement à la sueur de leur front; cuvettes en inox remplies de *lofombos*[21] bien chauds à la pause-récré d'un établissement scolaire, ou encore *sucettes-kossam*[22] empilées dans une vieille glacière en attendant la sortie des classes des élèves.

Douala, avec ses parfums de la réussite – Liasses de billets violets[23] flambants neufs tendus à une caissière dans un grand magasin de la rue Joffre; effluves de Dior et de Chanel dans les couloirs d'une banque commerciale à

---

[19] Safous (prunes africaines). Fruits du safoutier cultivés dans plusieurs zones d'Afrique.

[20] Spécialité dérivée des tubercules de manioc. Très populaire au Cameroun.

[21] Sorte de beignets moelleux répandus au Cameroun et vendus dans des lieux publics (écoles, coins de rue, marchés, etc.).

[22] Sucettes-yaourts à base de lait caillé.

[23] Le violet est la couleur du billet de 10.000 francs CFA, qui représente la plus grosse coupure de billet en CFA.

Bonanjo; Martini et cigare à la table d'un client VIP dans le bistrot d'un quatre étoiles du centre-ville situé Boulevard de la Liberté; chansons de réveillon terminant sur une note de Dom Pérignon-caviar derrière les baies vitrées d'une villa à Denver[24].

Douala, avec ses odeurs de l'échec – Caniveaux transformés en dépotoirs du côté de Njong-Mebi[25] à New-Bell; montagnes d'ordures entassées au milieu de la chaussée au Carrefour Tonnerre à Bépanda; boues de vidange et miasmes pour les riverains de la décharge du Bois des Singes[26]; polluants industriels vomis aux narines des populations de Douala 3e par des usines de transformation et de fabrication de produits divers; maisons en *carabottes*[27] empêtrées, pendant les grandes pluies de la rentrée scolaire, dans les marécages infects d'un quartier situé sur la rive droite du fleuve Wouri.

Douala, avec ses odeurs de la misère, car Douala c'est aussi la misère dans son plus simple appareil, jetée à la face des passants et sans cesse exposée aux vicissitudes inhérentes à la précarité de sa condition; la misère prenant conscience d'elle-même à travers les regards compatissants ou méprisants des autres, la misère devenue par la force des choses vulnérable à toutes sortes de vices – cyber-prostitution, pratiques occultes, trafic de stupéfiants, sectes

---

[24] Quartier tirant son nom de la série télévisée américaine *Denver* et majoritairement habité par des familles aisées.

[25] Petit quartier insalubre dans le grand New-Bell. Baptisé « la route des défécations » (*Njong Mebi* en langue *ewondo*) par les populations Beti qui vivaient à Douala à l'époque coloniale.

[26] Le Bois des Singes et une localité de l'arrondissement de Douala IIe servant de réserve forestière et abritant un site de dépotage logé dans les mangroves.

[27] Habitations précaires faites en planches de bois périssables et autres matériaux provisoires, qui indiquent habituellement un faible statut socio-économique.

pernicieuses, *feymania*[28] et bien d'autres que les affres de la nécessité finiront par inventer –, la misère comme personne n'en veut et comme on n'en souhaite même pas à ses pires ennemis, la misère confrontée à l'opulence. Derrière un duplex avec piscine nouvellement construit qui s'étend sur plusieurs centaines de mètres carrés dans la zone de Youpwé, une maison petit-format à l'aspect décrépi croule sous le poids des années. À l'angle d'un supermarché haut de gamme qui vous propose des produits divins inaccessibles au commun des pauvres mortels, une vieille échoppe aux étagères dégarnies attend indéfiniment le jour du *grand marché*[29]. Dans un quartier résidentiel où des bâtisses aux finitions parfaites poussent tous les ans comme des champignons, l'on peut voir végéter un vieil immeuble dont l'ensemble du gros œuvre et les finitions extérieures inquiètent le regard des passants, mais échappent presque toujours à l'attention d'un propriétaire radin qui, histoire de s'assurer une bonne conscience en prévision d'un effondrement qui réduirait l'effectif total de ses locataires, fait semblant de rafistoler sa propriété par-ci par-là tous les trois ou quatre ans. Au signalement du feu rouge à un carrefour lambda de la ville, un jeune mendiant vêtu de haillons poussiéreux, le ventre creux et le visage tout ruisselant de sueur, frappe à la vitre d'un véhicule neuf climatisé, en lançant des « *siouplè* le père »[30] ou des « pardon la mère »[31], dans l'espoir de recevoir une pièce de monnaie grise accompagnée d'une bouffée d'air frais. À l'entrée d'une école élitiste où le vent de l'insouciance

---

[28](Pidgin english, camfr.) Escroquerie, faux-monnayage.

[29] Expression populaire qui renvoie à l'idée de faire beaucoup d'achats, de s'équiper en marchandises pour une période de temps considérable.

[30] Forme abrégée de « s'il vous plaît » (camfr.).

[31] Au Cameroun, le mot *pardon* est parfois utilisé comme synonyme de « s'il vous plaît » ou de « s'il te plaît ». Les termes « le père » et « la mère » expriment quant à eux une marque de respect envers un aîné qui pourrait avoir l'âge d'un parent.

berce les rêves dorés d'une jeunesse privilégiée, un enfant bien né jette un morceau de pain croustillant de chez Boulangerie Zepol[32] ou une petite pièce de monnaie rouillée à quelques mètres de l'assiette d'un mendiant aveugle. Devant un magasin chic qui affiche sur sa vitrine des promotions de 10 à 15% sur des articles avoisinant les 7 chiffres, une vendeuse de maïs grillé souffle à en perdre haleine sur un petit réchaud à charbon de bois : « 100 francs le maïs là ! ».

Fidèle spectateur parmi les spectateurs de la misère ambiante, l'homme qui fréquente régulièrement les coins ambiancés de la ville de Douala, lui qui a presque tout vu et entendu, qui a goûté aux interdits, qui a touché le fond, qui a senti l'odeur répugnante de la mort et qui s'étonne désormais de peu de choses. Lui-même en chair et en os, le flâneur de la rue, le gardien des secrets du ventre de la ville, le *warman*[33] tout-terrain qui arpente au quotidien *le dehors*, lui qui maîtrise les endroits et les envers de Douala comme un texte en prose qu'on finit par mémoriser à force de le lire, lui qui tente de survivre au tourbillon vertigineux qui agite les quatre coins du pays en se réfugiant dans de vaines illusions.

---

[32] Zepol est l'une des plus anciennes boulangeries de la ville, située au quartier Akwa.

[33] Expression populaire qui désigne un combattant, un guerrier ou un débrouillard qui affronte courageusement les difficultés de la vie (camfr.).

DRAMATIQUE

Dans l'ambiance grivoise d'un bar *soûle-gueule* qui vend tacitement l'illusion d'extase à l'âme dégrisée, ou dans le cadre plus restreint d'une boutique[34] *tue-le-temps* comme on en trouve désormais à presque tous les coins de rue, des hommes en quête de sensations hédonistes s'enivrent de bières importées, d'*odontol*[35], de *matango*[36], d'exhalaisons de tabac, de bruyants éclats de rire et d'histoires abracadabrantes qui confèrent à la sombre réalité une jolie teinte d'invraisemblable. Ils évoluent à leur rythme, en toute ivresse mais sereinement, marquant un temps d'arrêt dans la course effrénée vers les biens matériels… pendant que le temps, indifférent comme toujours à leur subjectivité, continue de filer. Ils fument leurs soucis l'un après l'autre, en étouffent chaque remontée sous la fumée d'un petit bâton magique de L&B Menthol ou de Marlboro, mais les soucis se débrouillent toujours pour renaître de leurs cendres. Ils débattent de tous les sujets – depuis Boko Haram jusqu'à l'avenir du football camerounais en passant par les histoires d'alcôves d'un ancien Lion Indomptable[37] connu pour ses frasques amoureuses. Le débat commence presque toujours sur le ton de la légèreté – quelqu'un émet un point de vue, un autre acquiesce de la tête, un autre la secoue en signe de

[34] Petits commerces de proximité présents à presque tous les coins de rue au Cameroun. On peut s'y procurer des produits de dépannage alimentaire, de première nécessité, de consommation courante et autres. Les personnes oisives y organisent souvent des assises pour s'abreuver, parler de tout et de rien ou regarder les passants qui défilent dans la rue.

[35] Alcool traditionnel bon marché fait à base de vin palme, de sucre et d'une écorce d'arbre appelée *essok.*

[36] Alcool traditionnel de couleur blanche et d'apparence laiteuse, obtenu par fermentation naturelle de la sève de palmier.

[37] Joueur de l'équipe nationale de football du Cameroun (Les Lions Indomptables).

désaccord, un autre prend la parole, un autre s'improvise modérateur, un autre fait le pitre sous l'emprise de Bacchus, un autre écoute d'une oreille distraite en sirotant une petite merveille fermentée des brasseries du pays… l'ambiance générale est à la détente ; mais l'alcool aidant, les émotions peuvent vite s'intensifier, et ce parfois à l'insu des participants – on se sent bientôt indexé par les propos d'un tel ou frustré par un *coupeur de parole* sans scrupules, on trouve une opinion stupide parce que divergente, on ne supporte plus l'attitude suffisante d'un *sabitou*[38] un peu fabulateur par-dessus le marché, on est d'humeur belliqueuse sans trop savoir pourquoi, on étouffe de cette chaleur étouffante qui complote contre l'humanité depuis Camus jusqu'à nos jours, et c'est mauvais présage au déroulement des choses si on faisait dès le départ une fixation sur le vêtement fluo d'un interlocuteur coupable d'une faute de goût, la voix éraillée d'un soulard coupable d'un vice, les lèvres trop charnues d'un innocent dans le fond mais coupable par la forme, ou tout autre élément perturbateur à l'épanouissement des sens ; une fois et demi sur deux, les choses s'enveniment – on s'énerve, on se querelle, on se crie dessus, on s'insulte, on s'accuse de choses gravissimes ; et parce qu'il faut bien joindre le geste à la parole – on se saisit violemment au collet, on se cogne dessus, on fait éclater des bouteilles cassables sur le sol ou contre un mur ; s'il suffit d'un rien pour que tout s'empire et explose, il suffit également d'un détail mineur pour que la tension se relâche. Parfois, il arrive que les baffles suspendus au-dessus de leurs têtes produisent un son familier, un son qui invite à la nostalgie de vieilles saveurs musicales tantôt exotiques tantôt fait maison – l'adrénaline descend alors d'un cran. Les mœurs adoucies, ils revivent

---

[38] (Péjoratif, camf.) Personne qui prétend tout savoir, pédant. On dit aussi parfois *sabi-all*. Le terme est inspiré d'un personnage célèbre qui porte ce nom (Sabitou) dans la mythique collection *Mamadou et Bineta*.

avec les chanteurs Dina Bell, Hoïgen Ekwalla, Charlotte Mbango, Ndedi Eyango, Ben Decca ou Grâce Decca, les moments forts du Makossa classique. Des bouches se tordent désespérément, à la limite du ridicule même, pour libérer des voix grésillardes qui rappellent vaguement les cris étouffés d'une bête coriace qu'on égorge : *Mumi oh é, Mumi ooh é, Ayé*[39]... Quelques visages grimacent des émotions fortes associées à des souvenirs muets qu'on ne saurait partager sans en altérer l'authentique beauté. Certains d'entre eux, délaissant l'ici pour l'ailleurs le temps d'une chanson, attrapent la fièvre dansante des rythmes ivoiriens ou expérimentent, dans un état de sérénité profond mais fugace, *Le bonheur*[40] chanté par Lokua Kanza. Souvent, ils se projettent loin dans les Antilles françaises à l'écoute d'un zouk rétro et se laissent mener par les courants de la sensualité...puis ils atterrissent sans transition mais à bon port sur *Le ventre et le bas-ventre*[41] de Lady Ponce, chanteuse de Bikutsi[42] pour le commun des hommes, mais Lorelei[43] des *ambianceurs*. En mode *Ça sort comme ça sort*[44] sur des rythmes traditionnels comme l'Assiko, le

---

[39] Extrait d'un classique de Grâce Decca, intitulé *Bwanga Bwam*.

[40] Titre d'un extrait du 4e album du chanteur Lokua Kanza.

[41] Titre d'un album de la chanteuse Lady Ponce.

[42] Musique et danse traditionnelles du Cameroun, pratiquées majoritairement par les femmes Beti. Le Bikutsi est à la base l'expression d'une révolte féminine, car les premiers gestes, pas de danse et chants de ce style musical ont été exécutés par des groupes de femmes auxquelles il était interdit de parler en public au milieu des hommes, dans un contexte social patriarcal. Pour exprimer leurs frustrations et soulager leurs souffrances à la suite d'un décès ou d'une situation fâcheuse, elle se réunissaient et pratiquaient ce rituel libérateur, qui a évolué jusqu'à devenir un style musical à part entière : le Bikutsi.

[43] Nymphe de la mythologie germanique qui chantait magnifiquement et envoûtait les hommes par le son de sa voix.

[44] Expression populaire inspirée du titre d'un hit du rappeur Maahlox Le Vibeur (*Ça sort comme ça sort*, 2016). Cette expression renvoie à

Ngono, le Bend-skin, l'Ambas-bey ou le Mangambeu, ils forment une entité indivisible le temps d'une chanson. La magie du moment jette un voile sur les considérations tribales et la musique s'impose à l'unanimité comme symbole d'intégration nationale. Ils vivent, dans l'espace-temps où se laisse appréhender le bonheur, une fusion quasi instinctive des êtres durant laquelle des élans désordonnés accouchent d'une allégresse harmonieuse. À l'apogée de cette homogénéisation inconsciente qui voit se niveler d'elles-mêmes leurs différences, il leur arrive de chanter en chœur un couplet, un refrain ou une partie mémorable d'une chanson culte du pays :

Balayer, balayer, balayer
Laisser ma détresse où elle est
Tout paraît beau, tout paraît léger
Comme si le monde avait changé.

C'est la vie, la vie, la vie oh, la vie eh !
Elle est bien là divine amie, nous dévisage et nous sourit.
C'est la vie, la vie, la vie oh, la vie eh !
Elle est bien là divine amie, me donne des ailes et des envies.

Les plus idéalistes tirent de ces paroles souriantes d'Henri Dikongué la promesse d'une vie plus indulgente envers l'homme désœuvré. L'homme sobre et travailleur qui passe son chemin jette furtivement un coup d'œil dans leur direction, mais son regard souvent voilé par les préjugés l'empêche de transpercer le décor. Il se limite à ce qu'il voit, ou plutôt à ce qu'il croit voir. Il ne sait pas que

---

un élan naturel, précisément à un geste, une parole ou un pas de danse spontané(e) qui connote un certain je-m'en-foutisme.

les déboires amoureux, le *foirage*[45] (comme le disent si bien les *camerlinguistes*[46]), la désillusion face à l'inertie du gouvernement en place, le spleen d'une ville où s'effondrent des milliers de projets mort-nés, l'étau d'une impitoyable maladie que la science n'a pas encore vaincue, les petits soucis propres aux grandes familles dans la plupart des sociétés africaines, les maudits *presque* et les gros ratés d'une équipe de foot qui savait dans les années Roger Milla raviver l'espoir de toute une nation, la baisse de moral (pour ne pas dire dépression car le signifiant et le signifié de ce mot relèvent encore du mythe pour certains Africains), le chômage de longue durée, le chômage récurrent et bien d'autres facteurs – qui ne trouvent pas forcément leur fondement dans la fainéantise, le rejet des codes sociaux ou la morale du plaisir – sont la racine même de ce qu'il observe de façon superficielle. Il ne se demande pas si ce choix de vie est pour eux une sorte d'exutoire. Il ne comprend pas que c'est ainsi qu'ils échappent – ou du moins tentent d'échapper – au sentiment omniprésent d'assister à un grand spectacle joué par un nombre défini de protagonistes, à une réalité que l'ensemble d'entre eux voudraient moins oppressive, à une histoire qui leur a été imposée par ceux qui l'écrivent et dont les lignes tortueuses, fragmentées par endroits, entrelacées dans un labyrinthe de circonstances adverses, floues sur les contours mais profondément ancrées dans les feuillets de la mémoire collective, ont conduit à des lendemains aussi incertains que le prix de la bière dans les temps à venir. Le regard distancié qui les survole au passage puis les classe immédiatement, formellement, définitivement dans une catégorie hermétique de personnages-figurants, finira tôt ou tard par quitter le décor. Ils ne s'en soucient d'ailleurs guère. Ivres

---

45 Manque d'argent ou de ressources financières (camfr.).

46 Inventeurs des mots du camfranglais, spécialistes des créations lexicales populaires au Cameroun.

de l'instant, oublieux du passé, insoucieux de demain (qui paraît-il se souciera de lui-même), la panse pleinement satisfaite et les sens en éveil, ils regardent joyeusement passer la vie dans la rue.

Parfois la vie prend des formes inattendues, et se révèle être une mère de famille à la poitrine généreuse ou une jeune fille cambrée à souhait dans un pantalon moulant – des sifflements admiratifs fusent alors de partout, sitôt étayés par des propos obscènes ou des hymnes improvisés en l'honneur de la femme noire. C'est dans ces moments arrosés, au carrefour de l'ivresse et de la désinhibition, qu'un poète-charlatan aux yeux injectés de sang se permet quelquefois d'infliger à un célèbre vers de Senghor ou à un doux refrain de Francis Bebey le pire des supplices, celui d'accommoder les paroles salaces d'une chanson paillarde du pays. Parfois, la vie se manifeste sous des formes autres que celles d'une femme désirable, mais elle parvient quand même à leur vendre du rêve. Elle se déplace sur quatre roues motrices avec deux jolies paires de jantes en chrome, et elle les nargue au passage avec sa carrosserie flambant neuve ou son allure sportive – dans un cortège d'yeux gonflés de convoitise, les lueurs d'une ambition inassouvie ondoient furtivement. Parfois la vie incarne le comique, voire le burlesque – un *motor-boy*[47] danse le *pinguiss*[48] sous les applaudissements de quelques badauds amusés, une folle en guenilles poursuit un passant affolé, un immigré chinois frappé par la crise économique interprète des chansons en dialectes du pays moyennant quelques francs CFA, ou un jeune vendeur de mouchoirs de marque *Lotus* scande un refrain de son invention : « Lotus de bonne quali-téé,

---

[47] Homme (généralement jeune) qui aide les camionneurs et voitures particulières à charger des passagers dans leur véhicule. Il joue parfois un rôle d'aide-conducteur.

[48] Concept chorégraphique de danse à cloche-pied apparu au Cameroun au début des années 2010.

anti sale-téé, hy-giène' propre-téé, cent francs le pa-quéé, venez ache-téé ! »[49] En des jours singuliers où la complexité de l'intrigue exige une action digne de ce nom, une femme enragée descend d'un *bend-skin*[50] pour régler son compte à un mari censé être « en mission » depuis plusieurs jours dans la ville de *x*, alors qu'elle vient de le surprendre en compagnie de sa *ndjomba*[51]. En des jours moins heureux où des sujets normalement actifs se retrouvent dépossédés de toute capacité d'action, la vie offre alors un tableau déchirant – un écolier qui traverse la route se fait percuter par une voiture filant à vive allure, une poule sans défense finit dans la gueule d'un vieux cabot, un quidam tiré à quatre épingles se voit foudroyé par une crise cardiaque au beau milieu de la rue, ou un chat errant se fait écraser par un camion qui poursuit son chemin. Le tout se déroule dans une normalité déconcertante, sous le regard tantôt fixe, tantôt vide, tantôt effrayé, tantôt amusé, tantôt incrédule, tantôt choqué, tantôt étonné, tantôt indéchiffrable des spectateurs. Certains quitteront la scène et rentreront chez eux avec de nouvelles histoires à raconter à leurs proches. D'autres, plus préoccupés par leur propre histoire ou leur quête individuelle que par le vécu d'un tiers, rayeront d'un trait noir les figurants, lieux et actions qu'ils s'imaginent, souvent à tort, peu susceptibles d'influencer la progression de leur histoire.

Si certains d'entre eux voient leur histoire évoluer clopin-clopant au gré des péripéties vers un potentiel dénouement, il y en a aussi qui la regardent désespérément stagner en attendant de pouvoir enfin participer à l'action.

---

[49] Lotus de bonne qualité, anti-saleté, hygiène et propreté, cent francs le paquet, venez acheter.

[50] Motos-taxis (camfr.). Moyen de transport populaire dans les grandes villes du pays.

[51] Maîtresse, femme qui entretient une relation amoureuse avec un homme marié (camfr.). On l'appelle aussi parfois *le deuxième bureau* ou *la femme du dehors* (synonymes).

Réduite au piètre rôle qui lui a été assigné dans un *tournedos*[52] des plus banals (dont l'insalubrité, prenant une longueur d'avance sur les attentes logiques, n'a rien enlevé à la popularité de l'endroit qui voit au contraire sa clientèle augmenter chaque année), une jeune serveuse subit son sort en rêvant secrètement de tourner la page et d'ouvrir un nouveau chapitre parsemé de rebondissements : vivre une nouvelle vie, poursuivre une nouvelle aventure, trouver un meilleur travail où elle n'aura plus à supporter les attouchements permanents d'un client que l'assurance d'être bon payeur rend chaque jour plus hardi, où il ne lui faudra plus avaler les couleuvres que lui lance en permanence une patronne méprisante et cupide, où elle ne sera plus exposée aux insultes dégradantes d'un client mécontent, à l'haleine fétide d'un ivrogne ou à l'odeur désagréable d'un aliment devenu rance. Les yeux perdus dans le vide qui caractérise parfaitement son quotidien, elle regarde sans réellement voir le monde évoluer au-delà de la petite prison insalubre dans laquelle croupissent ses rêves d'évasion. La suite de son histoire se perd dans le brouillon d'incertitudes et les réflexions de celui qui l'imagine.

Un taximan entre en jeu au moment précis où la serveuse disparaît. Au volant d'une Toyota Corolla d'un jaune défraîchi et d'une génération depuis longtemps révolue, il traverse le tournedos sans prêter attention à celle qui s'y meurt à petit feu, tourne à droite sur la rue Drouot et pique sur le Boulevard de la Liberté. En ouvrant une fenêtre sur l'intérieur de ce véhicule en surcharge, l'observateur externe verrait qu'il transporte cinq passagers, dont quatre confortablement assis et un cinquième assis sur une fesse ; le passager mal assis, appuyant d'une fesse meurtrie la poignée de frein à main et de son omoplate gauche le siège

---

[52] Mini-restaurant de fortune situé en plein air et souvent insalubre. Ce mot composé est un néologisme qui illustre le fait que les clients de ces lieux de restauration tournent généralement le dos à la rue en mangeant.

conducteur afin de garder l'équilibre, respire de plein fouet les émanations des deux corps entre lesquels il se retrouve littéralement pris en sandwich : mélange d'eau de Cologne bon marché et de sueur séchée d'un côté, moisissure de vêtements et relents de pipi de l'autre. Le taximan, un homme barbu d'un certain âge portant une vieille casquette bleue avec un logo blanc brodé en relief sur le devant, un blouson gris froissé par-dessus un débardeur beige parsemé de taches de gras, un jean bleu délavé *sauté*, une paire de *sans-confiance*[53] toute neuve et un air faussement serein sur le visage, roule à vive allure en jetant de temps à autre un coup d'œil dans le rétroviseur extérieur gauche. Sur le rétroviseur intérieur légèrement incliné vers le conducteur, un badge d'identification du SN CHAUTAC[54] rattaché à un cordon suspendu au support oscille dans tous les sens, que l'homme prenne de la vitesse ou qu'il freine. On peut y voir sa photo et y lire distinctement son nom : Talla M. Jean-Pierre. Il aurait tout aussi bien pu s'appeler Talla M. Jean-Paul, Talla Jean, Talla Paul, Talla Pierre, Talla tout court, ou même s'appeler autrement que cela n'aurait rien changé à sa condition… une misérable condition qui lui pèse comme un fardeau et lui semble d'ailleurs beaucoup plus tangible que le nom qui lui a été attribué au commencement de son histoire. Tout en lui crie l'anonyme, depuis son modeste rôle sur la gigantesque scène du monde jusqu'à ses vêtements usagés. Et pourtant il a bel et bien un nom qui est censé le distinguer des autres personnages : Talla M. Jean-Pierre. Et pourquoi pas *x* tout simplement ? Les choses auraient-elles été différentes s'il s'appelait plutôt Fotso

[53] Sandales plates en caoutchouc très peu fiables, de type tongs à lanières (camfr.). Ce terme fait d'ailleurs référence à leur manque de fiabilité ou leur évidente fragilité. On les appelle également *babouches* ou *sans-con* (abréviation du mot *sans-confiance*).

[54] Syndicat National des Chauffeurs de Taxis, Autobus, Cars et Assimilés du Cameroun.

Victor, comme le célèbre milliardaire Bamiléké ? Peut-être pas. Peut-être que s'ils avaient inversé les noms, les rôles seraient toujours les mêmes – on parlerait alors du milliardaire Talla M. Jean-Pierre sur l'ensemble du territoire, et lui resterait anonyme avec un nom clinquant mais dénué de tout potentiel sans le beau rôle qui va avec. Et quand bien même il dépenserait la totalité de son maigre salaire pour s'acheter un beau costume, presque aussi élégant que ceux qu'il aperçoit souvent à travers les vitrines de certains magasins dans les rues de Bonapriso ou dans les replis du Marché Central, il n'en serait pas moins anonyme – bien vêtu mais anonyme en raison de la condition qui lui colle à la peau depuis le premier chapitre de sa vie. Tandis qu'il conduit les passagers à leurs destinations respectives, il lance à travers la vitre baissée des insultes à tous les conducteurs qu'il accuse de bloquer intentionnellement la circulation : « Espèce d'idiot ! », « *Vois-moi* ses gros z'yeux ! », « *Va là-bas, mouf*[55] ! », et au comble de l'exaspération « Ta mère pond ![56] ». Il prend un malin plaisir à appuyer sur le dernier son consonantique de chaque invective, comme s'il cherchait à produire l'effet d'un coup asséné avec violence, comme s'il voulait faire taire son adversaire en lui portant un coup fatal. Assis à l'extrême droite du taximan et à la droite du passager pris en sandwich, un personnage fantôme sans caractéristiques précises, dont on ne sait ni le rôle ni aucun autre détail

---

[55] Va-t'en! Déguerpis d'ici! (de *Move*, anglais). Ce terme peut revêtir une connotation péjorative (ex. d'une querelle) ou amicale (ex. d'une conversation entre amis). Utilisé dans un cadre amical, il peut signifier *laisse-moi tranquille*, *tu racontes n'importe quoi* ou *tais-toi* selon le contexte.

[56] Insulte considérée comme très méprisante, la figure de la mère étant sacrée dans la culture africaine. Elle s'ajoute à la longue liste d'insultes ordurières visant à humilier un adversaire en dénigrant plutôt sa mère : *Ta mère ! Le cul de ta mère!* ou encore *Ya Mami Pima*! (Le minou de ta mère!).

révélateur de son histoire, s'efface parmi les autres. Il se contente d'exister, tout simplement. Il est impossible de déterminer avec exactitude d'où il vient et où il va. Il descendra probablement à un lieu indiqué quelques instants plus tôt au taximan, et il poursuivra son chemin ou son histoire s'il en a réellement une.

Pour ce qui est des passagers à l'arrière du véhicule, ils vivent une expérience différente à plusieurs égards de celles des passagers avant, mais nullement détachée de celle de l'ensemble – les exhalaisons et odeurs inhalées ne sont pas les mêmes, la proximité est moins prononcée qu'à l'avant ce qui rend la respiration plus aisée, les paysages sont perçus sous des angles différents et ils se croient relativement moins exposés aux accidents que ceux installés en avant. Assis côte à côte mais séparés par une ligne de subjectivité invisible à l'œil nu, chacun des trois passagers arrière vit une expérience sensiblement différente de celle de son voisin de droite, d'extrême droite, de gauche, d'extrême gauche ou du milieu – le passager assis au milieu du siège arrière a une vue d'ensemble sur ce qui se passe à l'avant, mais une perspective moins bonne de ce qui passe sur les côtés avant et extérieurs ; le passager assis à droite du siège arrière a meilleure vue sur l'avant-gauche et les paysages de droite, mais pas sur l'avant-droite et les paysages de gauche ; réciproquement, le passager assis à gauche du siège arrière a meilleure vue sur l'avant-droite et les paysages de gauche, mais pas sur l'avant-gauche et les paysages de droite. Quoi qu'il en soit, malgré des positions et des perspectives plus ou moins différentes, ils sont tous les six à un moment donné de l'histoire engagés sur une même trajectoire, au même endroit et au même moment. L'un d'eux descendra en face de l'immeuble Socar, un autre au croisement de l'avenue King Akwa et de la rue Castelnau, un autre devant un supermarché situé boulevard Ahmadou Ahidjo, un autre sur la rue Joffre et un autre quelque part ailleurs. De nouveaux passagers trimballant partout avec eux des histoires uniques en leur genre et des odeurs plus ou moins volatiles entreront progressivement dans le véhicule, au fur et à mesure que les précédents sortiront. Et le chauffeur, fidèle repère de l'homme qui cherche sa route ou en poursuit le fil conducteur dans un espace délimité de lignes directrices, les conduira chacun à destination.

SYMBOLIQUE

Partout dans la ville de Douala, où qu'on soit et où qu'on aille, dans chacun des six arrondissements qui la composent et qui se divisent, se subdivisent jusqu'à s'émietter en une centaine de quartiers difficiles à délimiter…en plein cœur et dans les recoins de ces quartiers entrelacés qui tissent à l'unisson la trame de son histoire…l'incontournable Akwa, antre du flâneur noctambule qui croque la vie à pleines dents, bourdonnant d'activités commerciales de jour comme de nuit, réputé pour ses boîtes de nuit chaudes et ses *waka*[57] de luxe en talons aiguilles qui vont et viennent dans les grands hôtels en bordure du Boulevard de la Liberté, regorgeant d'endroits familiers qui traversent le quotidien des citadins en chemin comme le Palais Dika Akwa, la Salle des fêtes, Douala Bar, le vieux Temple de Bonalembe, la Cathédrale et le Stade Mbappé Léppé parmi tant d'autres… New-Bell, multi-ethnique et surpeuplé, vaste univers resserré sur lui-même par les liens étroits de la promiscuité, avec son labyrinthe de ruelles enlacées autour d'un amas d'habitations précaires qui se cognent presque les unes contre les autres, ses dépôts sauvages à proximité de la chaussée, ses multiples facettes de la débrouillardise commerçante le long des allées encombrées qui débouchent sur le Marché Central et sa prison vétuste, où des milliers de damnés agglutinés comme des sardines en boîte côtoient de loin une poignée d'anges déchus portant l'impitoyable sceau de l'opération *Épervier*[58]… Bonabéri, industriel et

---

[57] Prostituées (de l'anglais *walker* et du pidgin english *waka,* qui signifie marcher). Ce terme renvoie au fait que les prostituées marchent dans la rue, mais vont également d'hommes en hommes.

[58] Lancée par le gouvernement camerounais en 2006 sous la pression des bailleurs de fonds internationaux, Épervier est une vaste opération judiciaire de lutte contre le détournement de deniers publics et la corruption. Dans le cadre de cette opération, plusieurs hommes

semi-urbain, faubourg isolé par-delà les eaux qui séparent le Littoral du grand Ouest, étalé à perte de vue sur la rive droite du fleuve Wouri, doté d'interminables ruelles non goudronnées qui se connectent entre elles par des chemins raccourcis frayés à travers la brousse ou les espaces marécageux, fief de l'habitat spontané et des châteaux-villas qui jaillissent un beau jour au milieu de nulle part…Le centre administratif de Bonanjo, arborant les trésors défraîchis de l'époque coloniale dont la Pagode, monument riche en symboles pour les peuples autochtones, d'architecture singulière parmi les édifices qui environnent la Place du Gouvernement, foyer du Monument funéraire des rois Bell où reposent les idéaux nationalistes de Rudolf Douala Manga Bell, scintillant de morceaux de verre colorés le pittoresque arbre à palabres érigé en hommage au Grand Baobab de Bonambappe, et dans le périmètre de ce coin historique, l'ancien Palais de Justice transformé en Cour d'appel du Littoral, la Poste Centrale avec sa façade longitudinale composée de colonnes verticales, mais aussi les bâtiments imposants qui servent à abriter les banques, les services administratifs et les sociétés privées au cœur de la croissance économique…Le grouillant Deïdo, où la vie hurle à pleine voix dans les rues, vrombit et klaxonne à longueur de journée dans les principales artères, résonne toute la nuit dans les snack-bars et les cabarets, coule à flots le long de la Rue de la joie, répand une odeur savoureuse de poisson braisé aux alentours du Carrefour Deïdo Plage, et à l'endroit que l'on nommait autrefois la Base Elf[59],

---

politiques et ex-dirigeants d'entreprise ont fait l'objet d'arrestations et de condamnations pour détournements de fonds.

[59] Située sur les berges du fleuve Wouri et entourée de verdure, la Base Elf était autrefois un lieu de promenades, de loisirs, de réunions sportives, de rendez-vous amoureux, de concerts et d'évènements culturels. Le lieu a perdu de son charme et de son caractère écologique lorsqu'un célèbre investisseur Nigérian a entrepris d'y construire une usine de cimenterie en 2011. La Base Elf a alors connu d'importants

longtemps avant l'implantation de la cimenterie d'un géant Nigérian près des berges du Wouri, on pouvait la voir déambuler sous les arbres, brouter l'herbe fraîche, s'exercer au ballon rond sous le regard errant des promeneurs, affluer au grand festival des peuples *Sawa*[60] au mois de Décembre, courir sous le vent en toute liberté à la sortie d'école et arracher des baisers sur les bancs publics… Bonapriso, cosmopolite et bourgeois, microcosme du multiculturalisme où des groupes d'expatriés tissent discrètement leur toile de sécurité, tout en construisant des réseaux d'influence avec des haut-placés de l'administration publique, des cadres d'entreprise aux carnets d'adresses remplis, des familles autochtones dont la seule mention du nom suffirait à accélérer le délai de traitement d'un dossier en cours, des hommes d'affaires prospères affiliés au GICAM[61] ou des entrepreneurs redoutables dans leur secteur d'activité qui fréquentent les restaurants de spécialités locales ou étrangères, les supermarchés, les magasins de vêtements et d'accessoires de mode, les instituts de beauté, le marché des fleurs situé avenue Charles de Gaulle, les salles de sport et les cabarets qui font la renommée de cette portion essentiellement résidentielle de l'arrondissement de Douala 1er… La vaste zone Bassa, composée de quartiers populaires où foisonnent des industries par milliers, empêtrée dans un désordre urbain qui prend sa source au carrefour Ndokoti, au cœur des embouteillages, de l'affluence humaine et de

---

changements visant à permettre la construction de l'usine. Elle a d'ailleurs cessé d'être le siège du festival des peuples côtiers (*ngondo*) pendant la réalisation de ce grand chantier. Un autre chantier de grande envergure s'en est suivi au même endroit : la construction d'un deuxième pont sur le Wouri. Depuis lors, la Base Elf a perdu son statut d'espace public et s'est transformée en site industriel.

[60] Le mot Sawa (en langue Duala) renvoie aux peuples côtiers de la région du Littoral et de l'arrière-pays.

[61] Groupement inter-patronal du Cameroun.

l'insécurité, découvrant la fameuse Cité des Palmiers ainsi que les campus fourmillant de monde de l'université publique de Douala ... Bépanda avec ses nombreux carrefours aux dénominations atypiques : Sans caleçon, Double-balle, Yonyon, Tendon, L'an deux mille, J'ai raté ma vie, et bien d'autres tout aussi insolites les unes que les autres... Kotto le moderne... Bali, fringant sous son air de petite banlieue chic ... Youpwe, qui voit s'épanouir une nouvelle bourgeoisie depuis le début des années 2000...où qu'on se dirige dans la cité, à Bonamoussadi, à Denver ou à Logpom, sur chaque parcelle de terre que le pied foule, des cultures d'ici et d'ailleurs se croisent au quotidien, s'accostent ou s'évitent, s'effleurent ou se frottent en faisant bien attention à ne pas se bousculer ; parfois elles se bousculent quand même ; parfois des liens se créent à la volée et se renforceront au fil du temps si affinités ; parfois des âmes semblables se cherchent, se trouvent au tournant d'un hasard romanesque ou d'une péripétie (comme la troupe des *Déballeurs*[62] vous en servirait), puis s'étreignent et s'unissent pour toujours. Des passions café au lait éclatent du jour au lendemain entre des touristes (qui s'improvisent quelquefois bourgeois le temps d'une nuit chaude ou d'un séjour dans le tiers-monde) et de jeunes autochtones sans le sou mais bourrées de rêves (qui s'accrochent désespérément à un amant tombé du ciel qui facilitera peut-être leur envol vers la terre promise). Elles négocient un avenir en couleurs à la sueur de leur entrecuisse, dans l'un de ces hôtels du centre-ville réputés pour être des nids d'amour entre touristes et belles-de-nuit, dans une auberge bon marché enfouie au fin fond d'un bidonville ou dans un quatre-étoiles situé avenue des Cocotiers pour les plus chanceuses. Elles se donnent sans

---

[62] Troupe de comédiens ayant connu un succès fulgurant dans les années 2000, en proposant aux téléspectateurs camerounais des séries locales pleines de rebondissements.

réserve, avalent tout y compris les fluides corporels, la honte et les mensonges, risquent le tout pour le peu, espérant en retour de leurs sacrifices quelque chose de profitable – un voyage, un mariage, une grossesse-passeport, des billets (violets de préférence pour le franc CFA et oranges pour l'euro), un statut de maîtresse officielle ou n'importe quoi qui viendra enfin rompre la monotonie d'une existence qu'elles trouvent misérable. Elles puisent dans l'espoir d'un avenir meilleur la force d'ignorer le regard accusateur d'un réceptionniste d'hôtel, d'une serveuse de restaurant, d'une célibattante endurcie ou d'une fille de bonne famille qui se félicite à la pharisienne de ce qu'elle ne dérogera jamais, noblesse oblige, à certains principes. Elles sentent peser sur elles dans la rue, dans les lieux publics où elles se rendent en compagnie de leur blanc-trophée, dans l'intimité de leur chambre d'hôtel et parfois même dans le secret de leurs réflexions, l'œil invisible fortement réprobateur d'une société qui ne parvient pas encore à se départir de certains stéréotypes datant de la période coloniale. Ainsi, pour bon nombre d'observateurs, un homme blanc d'âge mûr (quand bien même il aurait les poches vides) en couple avec une jeune femme noire suppose d'emblée que la femme en question est une arriviste complexée issue d'un milieu modeste, une chasseuse de visas étrangers, une nymphomane avide d'expériences bizarres, une future veuve héritière qui endure bon gré mal gré sa condition actuelle en attendant que la mort veuille bien les séparer, une forte tête occidentalisée à la recherche d'une vieille pâte à modeler ou d'une pâte déjà modelée, une chercheuse d'*or blanc*, ou tout simplement une fille de joie. Quoiqu'il en soit, l'argent, le sexe et les penchants exotiques sont communément identifiés comme les valeurs-pivots d'une relation que l'âge et la race sont censés séparer, et l'amour agapè est tout simplement rayé des options envisagées par la vaste majorité des observateurs en focalisation externe.

Souvent il est écrit qu'une aventure à la croisée des races et de deux mondes opposés se soldera effectivement par un mariage ou une invitation tous frais couverts dans un pays où *il fait blanc vivre*. Mais il arrive également que l'inspiration tarisse au beau milieu d'une histoire prometteuse, et les attentes des protagonistes se voient trahies ; l'idylle s'achève par un adieu déchirant, ou quelquefois un retour brusque vers une épouse implicite dans le discours du héros depuis le début de l'intrigue amoureuse, mais volontairement ignorée par une héroïne bercée d'illusions. Parfois, la promesse d'un retour prochain « en Afrique » s'éternise ; les hivers qui passent gèlent les souvenirs d'un vieil amour d'été loin là-bas au sud du Sahara ; les e-mails se raréfient au fil des mois ; le téléphone ne sonne plus aussi souvent qu'on le souhaite ou la voix se fait de plus en plus glaciale à l'autre bout du fil ; et quand les exigences de la vie en société capitaliste commenceront à étouffer un par un les sursauts d'émotions liés aux doux moments passés dans une contrée d'Afrique où la vie semblait moins rude, les multiples coups de fil de la femme désespérée commenceront à échouer l'un après l'autre sur un répondeur de connivence avec son propriétaire : « Bonjour, tu es bien sur le répondeur de Philippe Martin, je ne peux pas te répondre pour le moment, mais laisse un message et je te rappellerai dès que possible. BIP ». Avec un peu de chance, elle deviendra peut-être le énième *bureau*[63] d'un *cou-plié*[64] de la fonction publique ou la maîtresse attitrée d'un vieux cadre supérieur marié, mais en mal de chair fraîche et de sensations fortes. Faute de quoi, il lui faudra se consoler dans les bras d'un citadin

---

[63] Maîtresse ou *ndjomba* (camfr.) *Voir aussi 51.*

[64] Homme riche d'un certain âge (camfr.).

lambda de condition modeste qui finira peut-être par l'épouser un jour.

Les amours de Douala sont des amours tantôt forts comme des alcools bruns, tantôt vagabonds comme des feuilles mortes emportées par le vent, tantôt traîtres comme une émotion refoulée qui se lit quand même sur le visage, tantôt naïfs comme enfants en crèche, tantôt nonchalants comme un ancien vainqueur qui s'endort sur ses lauriers, tantôt piquants comme un soleil intertropical à son zénith, tantôt éphémères comme une seconde qui passe déjà le relais à une autre, tantôt fracassants comme le bruit des vagues qui s'abattent sur les rochers. Il y a bien sûr des amours simples qui éclosent dans l'enceinte de la ville, mais les amours simples sont souvent des amours compliqués qui s'ignorent jusqu'à ce que le chômage, la belle-mère envahissante, la femme-panthère[65], le marabout-féticheur, la stérilité, l'infidélité, le sorcier du village, l'amie commère ou toute autre force au potentiel destructeur s'immisce dans le couple et bouleverse l'ordre des choses. Ville chaude où les températures grimpent à toute vitesse, Douala abrite en son sein des passions torrides, des étincelles qui jaillissent de nulle part et deviendront plus tard des flammes, des flammes que les interdits attisent, des amours qui s'embrasent la nuit venue pour s'éteindre aux premières lueurs du jour, des eaux dormantes en surface mais bouillonnantes dans leur lit, des feux inextinguibles qui survivent aux grandes pluies, des relations froides en apparence mais brûlantes dans le fond, des liens purement professionnels en semaine mais potentiellement combustibles le week-end, et bien d'autres qu'il convient de passer sous silence, quand on aborde les écarts d'une société qui a tendance à assimiler le respect des tabous au refus d'en parler ou au déni de leur pratique, plutôt qu'au

[65] Jeune femme aux mœurs légères et très matérialiste, qui ne recule devant rien pour satisfaire sa cupidité (camf.).

refus de transgresser les tabous en question. Mais s'abstenir de nommer une réalité ou d'accepter son existence suffit-il à l'éradiquer complétement de la société? Parvient-on à stopper la transgression d'un interdit en étouffant ses ravages sous les silences, les non-dits culturels et le voile des secrets ? Exposer au grand jour une gangrène qui ne cesse de s'infecter, ou plutôt la dissimuler tous les jours sous un ample boubou neuf? Questions rhétoriques et fin de chapitre.

DÉCORUM

En quête d'elles

Qu'elle en ait conscience ou non, l'un des fantasmes inassouvis de la femme arriviste qui aspire farouchement à se réaliser et à intégrer les milieux huppés de Douala n'est pas nécessairement un homme puissant, un niveau de confort matériel satisfaisant, une carrière florissante ou une plastique de rêve qui lui ouvrira peut-être de nombreuses portes. Il arrive aussi que ses aspirations se portent secrètement vers sa semblable qui symbolise à la perfection l'idéal socio-culturel de la femme *accomplie*, c'est-à-dire la Camerounaise mariée, mère de famille, titulaire d'un diplôme universitaire, professionnellement assise, bien éduquée et raffinée. Indicateurs du degré de respect accordé aux femmes dans plusieurs sociétés africaines, les statuts d'épouse et de mère apparaissent comme le couronnement de la réussite sociale au féminin pour de nombreuses familles. Plusieurs se représentent l'épouse comme une élue dont la famille a été honorée et qui a elle-même eu le privilège d'être promue à un rang social supérieur parmi la vaste population de femmes célibataires qui attendraient impatiemment leur tour. Toutefois, la validation de son rôle d'épouse et de son potentiel en tant que femme n'arrive que lorsqu'elle devient mère. Suivant un construit socio-culturel largement répandu au Cameroun, être femme, c'est être capable de donner la vie. La maternité devient donc l'expression de la plénitude au féminin. Quand on désigne d'ailleurs une femme dans certaines langues locales, on souligne simultanément son statut de mère en nommant l'un de ses enfants, généralement son premier-né – *e yang Ndong* qui signifie, en langue mbo, la mère de Ndong ou celle dont le premier enfant s'appelle Ndong. Mais avant d'être mère, il faut nécessairement qu'une femme soit épouse pour s'assurer de gagner le respect des autres.

Dans la catégorie des femmes distinguées qui jouissent du statut d'épouse, il y a les femmes *bien mariées* comme on le dit vulgairement dans le parler local, et puis il y a toutes les autres. Les autres, ce sont celles qui n'ont pas eu la chance d'épouser un homme exerçant un métier bien vu et pouvant subvenir aux besoins de leur famille élargie – un haut fonctionnaire de l'état, un cadre de banque, un cadre d'une compagnie d'assurance, un commerçant prospère, un médecin ou un avocat par exemple. Parmi les femmes fortunées qui jouissent du statut de mères, il y a les mères bienheureuses et puis il y a toutes les autres. Les autres mères, ce sont celles qui n'ont aucun enfant diplômé d'une grande école dont elles peuvent vanter les mérites dans leurs réunions de femmes, celles qui ne connaîtront jamais le bonheur de donner leur enfant en mariage à une famille aristocratique du pays, celles qui n'ont pas d'enfant à l'étranger qui leur envoie régulièrement des transferts d'argent, celles dont les enfants se déchirent dans des luttes sans fin, celles qui subissent constamment des commentaires désobligeants parce qu'elles ont donné naissance à un enfant différent, celles qui ne s'enorgueilliront jamais auprès de leurs amies d'avoir reçu comme cadeau une voiture ou une maison d'un enfant reconnaissant qui a réussi dans la vie, ou encore celles dont les enfants analphabètes et oisifs vadrouillent à longueur de journée dans le quartier. Parmi les femmes diplômées de l'enseignement supérieur, il y a celles qui ont obtenu des diplômes à l'étranger ; il y a aussi celles qui ont obtenu des diplômes de l'ENAM, de Polytech, de la Catho, de l'IRIC, de l'ENSET, de l'ESSEC, de l'IUT de Douala, de l'ENSAI, de l'ESSTIC, de l'EMIA, de l'ENS et de tous les établissements sélectifs du pays. Ensuite, il y a toutes les autres. Parmi les femmes qui exercent une profession, il y a les cadres d'entreprise, les entrepreneures, les privilégiées de la haute fonction publique, les médecins, les pharmaciennes, les avocates, les notaires, les professeures et celles qui occupent des postes décents suffisamment rémunérés pour pouvoir joindre les deux bouts; ensuite, il y a toutes les autres. Parmi les femmes bien éduquées et raffinées, il y a celles qui savent tenir une maison propre, celles qui s'habillent avec goût et décence, celles qui savent dresser correctement une table pour une réception, celles qui parlent avec respect à leur mari, celles qui maîtrisent les usages de la haute-société, celles qui savent prendre soin d'elles et de leur foyer, celles qui savent concocter de bons petits plats pour épicer leur mariage, celles qui réussissent à troquer le vieux tablier de cuisine enveloppé d'une odeur de cube Maggi pour la nuisette rose parfumée après le bain du soir, celles qui ne sont pas trop traditionnelles ni trop modernes, celles qui traitent leur belle-famille avec considération, celles qui connaissent les us et coutumes du pays et toutes les filles de famille auxquelles on a inculqué les bonnes manières en grandissant ; ensuite, il y a toutes les autres. Les autres femmes, ce sont ces épouses, ces mères, ces vieilles filles, ces laissées-pour-compte que la société réprouve et qui regardent habituellement d'un œil envieux celles que la société érige en modèles. Souvent calquée dans ses moindres faits et gestes par l'arriviste typique, la femme Camerounaise dite *modèle* représente en quelque sorte, pour les nombreuses concitoyennes qui l'idéalisent, le plafond de verre qu'il faut briser pour satisfaire aux standards socio-culturels établis pour les femmes au sein de nombreuses familles et de la communauté dans son ensemble.

Quand le regard de l'arriviste croise celui de l'accomplie dans un espace privé ou dans un lieu public, une communication non-verbale des plus significatives se déroule généralement en l'espace de quelques instants.

L'œil exercé de la connaisseuse jauge l'apparence physique, la qualité des vêtements, le goût vestimentaire et l'harmonie des couleurs chez l'autre; il détermine si les couleurs s'allient parfaitement, se supportent ou s'injurient; il discerne la soie véritable de la viscose, distingue le vrai cuir du faux, repasse d'un battement de cils exaspéré un tissu froissé ou remet en cause le choix d'un vêtement qu'il juge inadapté à la saison; il soupèse la valeur du sac à main, décortique les bijoux, questionne le rouge à lèvres – de marque ou fabriqué en Chine ? Habile et perçant, l'œil diagnostique également l'élégance naturelle par opposition à l'élégance acquise ; il investigue l'aisance de la riche et l'aisance affectée de la parvenue; il reconnaît sur la peau du visage l'effet doux et soyeux des grandes marques de cosmétique étrangères, mais il détecte aussi la contrefaçon de la peau claire ou l'effet jaune violacé qui résulte souvent de l'utilisation de produits éclaircissants achetés à vil prix. À faible distance, le nez de l'experte va parfois jusqu'à flairer les senteurs à la recherche du familier : *N° 5*, *J'adore*, *Shalimar*, *FlowerbyKenzo* et tout ce qui n'est pas accessible à la Camerounaise moyenne. À l'issue de cette communication-éclair qui relève surtout du domaine sensoriel, l'une réaffirmera silencieusement sa suprématie sur l'autre. Et la vaincue en sortira soit admirative soit diminuée, mais dans tous les cas, plus déterminée que jamais à réussir dans la vie…et qui sait, un jour peut-être, à dépasser celle dont le charisme serein, le charme gracieux et l'attitude subtilement condescendante à son égard lui laisse entrevoir des privilèges accessibles à un certain rang, mais encore impénétrables pour la profane qu'elle est. Des privilèges comme les bienfaits d'une voiture climatisée et de séances régulières chez l'esthéticienne, mis en évidence par une peau rayonnante malgré la chaleur humide de Douala; les avantages d'un revenu de couple supérieur à la moyenne ou d'un travail lucratif, matérialisés en un sac à main Dior, une montre Rolex, un foulard LV ou une paire de Louboutin; les fruits d'un long parcours universitaire et de multiples voyages à travers le monde, manifestes dans l'étendue de la culture, le contenu substantiel du discours, les bonnes manières et ce petit air de *mbenguiste*[66] qui sied si bien à la femme distinguée de la cité économique qui n'a plus grand-chose à prouver à ses semblables.

Mais la grande héroïne de la cité est aussi maîtresse dans l'art de dissimuler à celles qui l'admirent l'autre face de son histoire, celle qui ne se voit pas au premier coup d'œil, mais qui se dévoile entre les lignes du visage. Chaque ligne qui creuse son visage pourtant si radieux est un volet qui s'ouvre sur une souffrance profonde, démasque une insuffisance ou grince sur une déception ; tantôt la douleur causée par les infidélités répétées, les menaces de divorce ou les accès de violence d'un mari qu'elle aime en dépit de tout ; tantôt les résultats scolaires médiocres ou l'échec professionnel d'un enfant pourri gâté qui ne mesure pas la chance qu'il a et encore moins la peine qu'il lui cause ; tantôt l'envie de démissionner d'un emploi bien rémunéré, mais devenu à la longue monotone et frustrant ; tantôt une impression de manque qui ne s'explique pas toujours malgré l'abondance matérielle ; tantôt le décès d'un enfant, d'un parent ou d'une personne qui lui était chère ; tantôt la peur de vieillir, de mourir et de laisser derrière elle ce qu'elle a passé de longues années à bâtir. Elle semble confiante en l'avenir et forte de l'extérieur, mais c'est une femme fragile et souvent anxieuse dans le fond. Elle mord la vie à pleines dents et ne fait qu'une bouchée des obstacles qui se dressent sur son chemin, mais il y a toujours ce petit sentiment d'inachevé qui égratigne son bonheur presque parfait, comme un arrière-goût d'inaccompli en travers de la gorge malgré ses innombrables succès. Partagée entre désir d'émancipation, attentes socio-culturelles, pression

---

[66] Personne vivant en Europe ou dans un pays occidental.

familiale et convictions personnelles, elle s'interroge sur le rôle que chaque public attend d'elle. Africaine pour les Occidentaux, mais pas assez Africaine ou alors trop émancipée du point de vue de sa propre société, elle se retrouve coincée entre ce qu'elle est, ce que les autres voudraient qu'elle soit et ce qu'elle aspire elle-même à être. Parce qu'elle étouffe au centre de toutes ces attentes, elle se réfugie derrière cette aura de sérénité qui la caractérise et joue à la perfection les rôles qu'on s'attend à la voir jouer, sous le tonnerre d'applaudissements du public.

HUMANOÏDE

Les arbres qui bordent les rues historiques de Douala s'écroulent sous le regard impassible des jeunes promeneurs, qui traversent au pas de course les arrondissements de la ville ainsi que les saisons de la vie. *Tic-Tac*. « Où allez-vous avec ces outils à clavier que vous avez dans les mains ? » demande Touo Makouô[67], la vieille tortue qui marche le long du chemin. « Nous poursuivons le temps. Nous galopons vers le futur ». *Bip. Clic-Clic*. Des vents étrangers au souffle furieux font ployer les cocotiers, les papayers, les bananiers, les manguiers, les goyaviers et les cacaoyers qui disséminent leurs fruits partout dans la ville. *Crac*. Des milliers de feuilles vertes se détachent des branches et voltigent jusqu'à ce que le vent les emporte au loin, mais personne ne sait où. « D'où vient ce souffle qui emporte les feuilles ? » s'interroge l'esprit du *Bogongi*, le baobab sacré de Bonambappe. « Du village global, murmure le vent. Des quatre points cardinaux ».

Halte! Personne ne sait où vont ces générations pleines d'ardeur qui s'élancent à la queue leu leu vers les cyber-portes de l'avenir, sans emboîter le pas aux générations d'hier. Personne n'entend monter l'écho sonore des cris de joie qui s'échappent des portes du souvenir, derrière lesquelles des marmailles du siècle dernier batifolent pieds-nus dans le sable poussiéreux, en traçant des arabesques avec des brindilles de bois sur le sol, en faisant rouler des pneus avec des bâtons sans les faire tomber, en sautant par-dessus des cordes en caoutchouc rafistolées, en fabriquant des jouets de fortune avec du papier, du carton, du chiffon ou de vieilles boîtes de conserve. Personne ne s'arrête en chemin pour redresser les statues et symboles des temps

---

[67] Tortue en langue ghom'ala (Bamileke). Elle est un symbole de sagesse, de prudence et d'équilibre en pays Bamileke.

immémoriaux, qui menacent de s'effondrer sous la pression des nouveaux courants. Personne ne regarde, en traversant les habitations vétustes du quartier Ngodi[68], le cercle des vieillards nostalgiques qui discutent joyeusement dans une cour, assis face à des tabliers de damier et de ludo : « Venez jouer avec nous, proposent-ils. Nous vous raconterons le conte de la cuillère cassée, celui de l'enfant et le tambour, celui de Kulutongo et la femme-fantôme, celui de Wudu-Tortue et Ngoa-Porc, celui des deux orphelins, celui du ruisseau aux eaux sales et nous vous enseignerons aussi des proverbes de la sagesse bantoue ». Mais l'époque du *bolobo*[69] s'est envolée, cette époque où les jeunes du quartier se regroupaient le soir avec les aînés et formaient un grand cercle près d'un arbre, pour écouter des contes, pour jouer, pour danser et chanter. On racontait des histoires merveilleuses à tour de rôle; on jouait avec des cailloux et des pions; on chantait et on dansait sur des airs que tous les jeunes connaissaient par cœur : « Toto tire Nama, Nama tire Toto »[70]. Tout le monde regagnait

---

[68] Quartier animé situé au sud du grand Akwa. Il n'est pas rare de voir un attroupement se former spontanément dans ce vieux quartier autour d'un groupe de joueurs expérimentés de ludo, de damier, de cartes ou de songo'o, qui s'affrontent dans la rue.

[69] Le *bolobo*, mouvement populaire entre les années 30 et les années 70 à Douala, était une sorte de rassemblement nocturne des habitants d'un quartier ou d'une communauté (majoritairement des jeunes), ayant pour objectif de s'adonner à des jeux d'ensemble, de danser, de raconter des histoires et de s'amuser dans des lieux de rendez-vous établis pendant les week-ends, les congés ou les grandes vacances. Le mouvement tient son nom d'une danse frénétique chez les Yabassi (ethnie du Littoral) et les Duala.

[70] Célèbre extrait de la collection Mamadou et Bineta, repris dans des chansons, des jeux et des récits au Cameroun. Aujourd'hui, cet extrait est devenu une expression qui désigne une situation d'affrontement entre deux adversaires où l'un prend le dessus sur l'autre et vice-versa, de sorte qu'il peut être difficile pour une tierce personne de se positionner clairement. L'expression désigne aussi parfois un amour passionnel ou compliqué.

habituellement sa maison tard dans la nuit. Certaines nuits, une maman en colère ou une grand-mère inquiète venait interrompre le mouvement pour chercher ses petits. Le *bolobo*, c'était bien avant les années 1980, qui se sont illustrées dans la ville Douala par l'avènement de la cassette audio, du magnétoscope, de la station de radio *Africa number 1*, de la télévision et du studio Photo Bis à Akwa. *Clic-Clac. Zap.* Le *bolobo* a disparu et les bruits familiers de ses délires collectifs aussi. Autant en emporte le vent.

Entendez-vous le barrissement des doyennes-éléphantes qui retentit dans les plaines côtières ? Le pas ferme et la démarche assurée, elles aplanissent des voies sur leur passage. Levant la trompe, elles saluent chaleureusement le troupeau de gazelles qui croisent leur route : « Gracieuses gazelles qui cavalez à travers les basses terres du Littoral, avez-vous goûté l'herbe fraîche du matin? Avez-vous senti le parfum de la rosée sur les jacinthes d'eau ? Avez-vous entendu les oiseaux de la contrée célébrer la nature en chantant ? » *Cui-Cui. Coucourou.* « Non, chères éléphantes, nous n'avons pas eu le temps pour ces choses, répondent les gazelles. Demain peut-être, nous le ferons. Aujourd'hui, nous parcourons les pistes de l'émancipation. Nous sortons des sentiers battus de l'habitude, nous frayons des chemins à travers les plaines. Mais vous donc, doyennes, pourquoi marchez-vous à contre sens? Pourquoi allez-vous à contre-courant? » *Pause.* « Nous ne marchons pas à contre-sens, jeunes gazelles. Nous empruntons le chemin de nos mères avant nous. Nous sommes les gardiennes de la mémoire et vous, le flambeau des générations après vous. À la gloire de toutes ».

Tag @Les rejetons du futur. *Bip. Clic. Hashtag #. LOL. Émoji. Likes. Followers. Partager. Tweet. Publications. Commenter. Fil d'actualité.* La génération du soir de l'ancien millénaire et celle de l'aube du nouveau millénaire s'imposent à l'échelle planétaire sur les réseaux sociaux. À

Douala, dans toutes les grandes villes d'Afrique et ailleurs dans le monde, la révolution numérique bat son plein. De tous les siècles, l'ère des grands sauts technologiques. Le progrès dans sa toute-puissance, le vrai, l'incommensurable. Des vagues d'influenceurs, de coachs de vie et de blogueurs investis dans le monde des affaires, le domaine des arts ou le marketing d'influence déferlent sur Internet. Une partie de l'humanité vibre au gré des dernières tendances sur les réseaux sociaux, les médias sociaux et les plateformes de mise en relation qui influencent les courants du nouveau millénaire. Un millénaire où les technologies de pointe offrent au génie créateur une plateforme d'expression à haut potentiel de profit – mettre sa créativité en avant sur TikTok en faisant des parodies, des playbacks, des chorégraphies ou des défis susceptibles de captiver une vaste audience, puis nouer des partenariats avec de grandes marques; créer une chaîne YouTube à monétiser et axer le contenu de ses vidéos sur des thématiques contemporaines comme le sport, la mode, la beauté, les voyages ou la vie de couple, en espérant générer des millions de vues et d'abonnés; mettre à la disposition des voyageurs son logement meublé sur Airbnb et fixer un tarif à la nuitée; créer une page Facebook attrayante, inviter de nombreux utilisateurs à *liker* sa page et se lancer par la suite dans le marketing d'affiliation, les publicités sponsorisées ou la vente de produits divers. Créer. Innover. Réseauter. Monétiser. Encore et toujours monétiser.

Zoom sur le XXIe siècle. Voici venu le glorieux triomphe de notre temps, le sceau de l'immortalité apposé à la magistrale œuvre du génie humain. *Ad gloriam Hominis*. L'homme moderne face au rayonnement de l'intelligence artificielle – smartphones, GPS, voitures automatisées, robotique médicale, procréation assistée et autres. L'homme moderne engagé dans la course à l'innovation technologique pour repousser les limites de sa condition, s'émanciper des contraintes de la nature, occuper pleinement l'espace-temps et laisser son empreinte *digitale* dans l'immensité abstraite de l'univers. L'homme moderne rythmé par l'instantanéité – selfies avec effets et filtres en temps réel sur Instagram; messages instantanés chiffrés sur WhatsApp; messages directs, audio tweets et espaces de discussion audio en mode microblogage sur Twitter. Tout se joue à la seconde près. *Tic-Tac.* L'homme moderne ou le robot en devenir? Le robot humanoïde ou la machine humanisée ? *Bip. Clic-Clic. Dring.*

Du vibraphone de Graham Bell en 1876 jusqu'à l'ordiphone d'IBM en 1992 et près de trois décennies plus tard, l'iPhone X d'Apple, des générations d'inventeurs et de technologies mobiles ont passé. L'homme moderne s'affranchit de sa condition précaire au moyen de l'*IA*, de l'*IoT*, du *Cloud Computing*, du *Big Data* et des autres technologies numériques qui conditionnent progressivement son existence. Liens, réseaux, données, informations, connections et interconnections se démultiplient dans un monde médiatisé où le *Moi* se retrouve en permanence livré au regard de l'autre et la sphère privée devient une croyance désuète à l'ère du *World Wide Web.* Le mythe du Narcisse moderne prend forme. L'homme soucieux de son image qui contemple avec admiration le reflet de sa personne sur son écran : « O selfie, selfie magique, dis-moi qui est le plus beau… O statut, mon statut, révèle-moi l'identité de ceux qui te consultent… ». L'homme continuellement placé sous les projecteurs et devenu, à force d'être exposé, hyperconscient du regard subjectif que lui porte autrui. L'homme suspendu aux nouvelles technologies qu'il a lui-même créées et qui lui permettent d'exister aux yeux du monde.

Que la lumière de son génie se répande sur l'humanité! dit l'Esprit Créateur. Que son potentiel créatif se déploie sur toute l'étendue de la terre! Du néant à l'existence, voici qu'il enfante les outils du futur de l'inspiration de ses rêves. Il songe à un projet *x*; il visualise *x*; il conceptualise *x*; il matérialise *x*; il a créé *x*. Lui, le *cyber-homme*, le *modernaute*, le *visio-futuriste* du siècle présent, le maître des TIC qui se livre à une course folle pour le progrès et contre le temps. *Tic-Tac*. Des talents et des hommes formés dans les entrailles de Douala sortent de l'ombre de la terre, où languissaient leurs ambitions de grandeur. *Boum*. Comédiens, humoristes, sportifs, musiciens, coachs en danse, startupers, écrivains, entrepreneurs, traiteurs événementiels, politiques, journalistes, animateurs radio et télé, architectes décorateurs, bédéistes, réalisateurs de cinéma, *vendeuses de piment*[71] reconverties dans l'entreprenariat, conseillères beauté, blogueurs et tous les autres corps de métier se déversent en un bouillon d'idées sur la toile. Tout est permis, tout est utile et monétisable dans l'aire de la sphère publique numérique.

Dans le direct Facebook du siècle attendu par des dizaines de milliers d'internautes connectés à la WebSphere camerounaise, une certaine Coco Cécilia, ancienne *vendeuse de piment* aux formes généreuses connue pour ses goûts de luxe, répond au clash d'un artiste de rap populaire et propose, entre deux commentaires virulents qui excitent ses nombreux abonnés, des produits d'une nouvelle marque de cosmétique américaine. Dans une vidéo émouvante partagée plus d'un million de fois sur Instagram, Philémon Simo, jeune entrepreneur issu de la diaspora camerounaise, raconte les réalités de l'investissement au pays et ses premiers ratés avant le succès, desquels il s'est inspiré pour concevoir de solides formations *ad hoc* en business. Sur Youtube, un vlogueur populaire du nom d'Yves Fah, pionnier du *Buzz marketing* au Cameroun, commente des reprises de séquences vidéo marquantes entrecoupées

71 *Prostituées* (camfranglais).

d'annonces publicitaires. Une dénommée Amélie Koah, ex-copine de footballeur, ex-hôtesse de l'air et ex-beaucoup d'autres choses, surfe sur une série de *bad buzzes* pour bâtir un empire autour de sa popularité et vendre ses romans autobiographiques. Ils sont connus, friands de popularité, anonymes ou populaires malgré eux. Ils habitent Douala et toutes les villes du Cameroun, ils font partie de la diaspora, ils sont des passagers à bord du train express du nouveau millénaire, des citoyens du *world wide web* qui parlent désormais un seul et même langage avec tous les hommes du *whole wide world*: le langage du numérique.

PARTIE II
BOUTS DE VIE

Les récits présentés dans les pages suivantes sont des œuvres de pure fiction. Par conséquent, toute ressemblance avec des personnes ou des situations existantes ou ayant existé, ne saurait être que fortuite et involontaire.

Nous avons entamé la marche vers la terre promise au plus profond de la nuit. En chantant et en dansant pour exorciser nos vieilles douleurs. L'oncle Atangana grattait son mvet[72] *; le cousin Mbock jouait au balafon*[73] *; le vieux Kamga frappait vigoureusement son tam-tam; Alhadji Garba soufflait à pleins poumons dans son algaita*[74]*. Muna Sawa tapait avec une moelle de bambou sur son muken*[75]*; Aunty Becky chantait à tue-tête le chant de la liberté. Quelqu'un caressait les cordes d'une guitare, un autre dansait la danse des nouveaux affranchis. C'était un soir de l'année 1960. Nous étions heureux.*

Loin derrière nous, à l'endroit même où nous avions été réduits à la servitude un siècle durant, il y avait le Maître. Avec sa voix impérieuse, son air austère, son nez pointu qui flairait jusqu'à nos âmes, son impitoyable fouet qui avait déchiré nos chairs d'ébène et ses ambitions inassouvies qui dansaient dans l'iris inflexible de ses yeux bleus. Quelqu'un a poussé un long soupir – d'épuisement, de joie ou de soulagement ?

Comme il faisait noir, si noir que nous marchions à tâtons, quelqu'un a allumé une bougie. Mais le Guide a

---

[72] Instrument de musique à cordes chez les peuples Pahouin (Fang, Beti et Bulu) du Cameroun. Il sert à accompagner les récits guerriers de la tradition orale véhiculés par les conteurs.

[73] Instrument de percussion apparenté au xylophone et composé de lames de bois. Il est très utilisé dans les rythmes et danses des peuples Bassa du Cameroun, qui l'appellent couramment *Mandjang* en leur langue. Originaire du Mali (empire Mandingue), il est également populaire chez d'autres peuples d'Afrique occidentale et centrale.

[74] Instrument à vent de type hautbois chez les peuples Haoussa du Nord Cameroun et de l'Afrique occidentale.

[75] Instrument de musique des peuples Sawa du Cameroun, utilisé pour commémorer les moments de joie et de peine. En forme de clochette à battant unique que l'on frappe généralement avec une moelle de bambou, le *muken* est l'instrument par excellence des messagers et des annonceurs dans la tradition Sawa.

soufflé dessus ; la flamme a vacillé et elle s'est éteinte. Quelqu'un a demandé au Guide pourquoi il l'avait éteinte. Il a répondu qu'il était la lumière. Il a dit qu'il nous éclairait lui-même dans les ténèbres. Quelqu'un a osé protester. Le Guide a froncé les sourcils, puis d'un coup de baguette magique, il a fait disparaître l'audacieux. Nous étions tous choqués, terrifiés, pétrifiés. Quelqu'un a jeté un regard inquiet en arrière, mais les ténèbres nous empêchaient de voir clairement. Nous avons alors laissé les ombres lancinantes du passé s'agiter furieusement derrière nous. Sous la houlette du Guide, nous avons poursuivi ensemble le chemin vers la terre promise. Beaucoup sont morts durant la marche – des révoltés, des éreintés, des illuminés, des langues-sans-frein, des incorruptibles et des sans-parti-pris.

Lorsque nous sommes finalement arrivés au bout du tunnel, quelqu'un a poussé un cri de surprise. Après une si longue marche, nous avions espéré quelques filets de lumière, mais il faisait encore sombre. Et à la sortie du tunnel, là où le périple était censé prendre fin et nos rêves devenir réalité, il est apparu devant nous. Souriant, sans son fouet, mais toujours ce même regard ambitieux qui se dessine sur le visage et ce nez pointu qui vous flaire jusqu'à l'âme. Était-ce le Maître ou son sosie ? Le Guide s'est approché de lui et ils ont échangé une poignée de main. Il a demandé si nous avions fait bon voyage, puis il a glissé quelque chose dans la poche du Guide. Le Guide a souri et l'a remercié avec effusion. Il a demandé au Guide de le suivre. Et le guide, qui marchait en tête du troupeau, lui a emboîté le pas. C'est ainsi qu'a débuté une nouvelle ère pour nous, une ère sans précédent où l'un règne et l'autre gouverne.

LE VIEIL HOMME ET LA VILLE

S'il vous arrivait de passer par le carrefour Rond-Point Deïdo, contemplez *La Nouvelle Liberté*[76] sans trop vous y attarder. Il y a beaucoup trop de choses à voir pour s'arrêter là. Si le cœur vous en dit, prenez la voie qui mène vers Bonamoussadi, celle de gauche en venant de Bonabéri : vous voilà à Bonantonè, l'un des six villages du canton Deïdo. Marchez tout droit, dépassez le Collège Alfred Saker, puis le Marché Saker (attention, le coin est assez bruyant). Il est possible qu'un *bend-skinneur* vous accoste sans façon (« *C'est où là* ? *On va* ? »), mais n'y prêtez guère attention, poursuivez votre route. C'est toujours mieux de circuler à pied dans les environs (surtout aux heures de pointe), car il n'est pas rare qu'il y ait des embouteillages dans le périmètre de la zone Akwa-nord et que les risques d'accidents y soient élevés. En marchant donc, vous traverserez une pharmacie à votre gauche et un peu plus loin, à environ six cent mètres de l'édicule du Rond-Point (tout au plus sept cent mètres), ce qui fait quand même un bon 12 minutes de marche (au tempo local bien sûr, puisqu'il faut tenir compte des nids-de-poule à éviter, des taxis-fous qui descendent sur le trottoir, des bend-skinneurs qui font des acrobaties de l'envergure d'un tournoi de motocross et de toutes les autres éventualités auxquelles les *Doualais* sont habitués mais que vous ne verrez jamais sur une carte de la ville)…vous arriverez à Degrando Boutique ! Demandez à un habitant du coin où se trouve la maison de Sita Ndomè, la vieille *braiseuse* de poissons[77] de la Rue de la Joie (tout le monde connaît Sita Ndo à Bonantonè et quiconque a goûté à son maquereau sait ce

---

[76] Monument emblématique en matériaux de récupération, érigé au carrefour Rond-Point Déïdo à Douala. *Voir aussi 2.*

[77] Femme qui prépare et vend du poisson braisé.

que le mot savoureux veut dire). Quand vous vous approcherez de chez elle (c'est une petite *maison en dur* beige de forme rectangulaire dont la façade est criblée d'impressionnantes lézardes), vous apercevrez sans doute traîner sur sa véranda ouverte un amas de chaussures poussiéreuses *à l'éparpillée* (il faut savoir que la plupart des enfants du voisinage vont regarder la télé chez Sita Ndo). Sa porte est toujours grande ouverte aux visiteurs, et l'ami comme l'étranger s'y sent chez lui. Vous saurez avec certitude que vous êtes au bon endroit si vous parvenez à entendre le son du téléviseur depuis l'extérieur et vous sentez une forte odeur de poisson dans l'air. Faites donc un saut pour lui dire bonjour si ça vous tente (vous la trouverez peut-être chez elle en journée et elle vous servira du poisson chaud accompagné de miondo) …ou alors poursuivez votre chemin. Empruntez la première rue à votre droite, directement après la maison de Sita Ndo en venant de la route (c'est une large rue non-goudronnée et poussiéreuse). Circulez du côté gauche de cette rue, marchez tout droit, traversez ensuite deux ruelles en gardant les yeux rivés sur la gauche jusqu'à ce que vous arriviez à proximité de la carcasse d'un vieux taxi sans roues abandonné (il se raconte que ce vieux taxi sert de piste d'atterrissage nocturne aux sorciers-voyageurs et quelquefois d'alcôve de fortune à de jeunes chattes du voisinage qui deviennent grises la nuit). À l'angle de la troisième ruelle donc (toujours à votre gauche), à quelques mètres de l'endroit où se trouve le vieux taxi multifonction (d'après les racontars), vous verrez une maison en planches coiffée de tôle ondulée avec des volets battants en bois de couleur rouge sombre : vous êtes arrivé à destination !

Dans la cour de cette maison accueillante que la morsure du temps n'a pas épargnée, vous trouverez certainement un vieillard assis sur un tabouret en bambou de raphia, le dos appuyé contre un manguier. C'est lui qui vous dira tout ce que vous souhaitez savoir sur la ville : son histoire, son évolution depuis l'indépendance, ses habitants et leurs pratiques, ses rues et quartiers, ses marchés en grand nombre, ses mythes et légendes, ses monuments et symboles... Il n'a pas réponse à tout, mais il vous éclairera sur la plupart des questions que vous vous posez. Quel âge a-t-il? Les habitants du voisinage prétendent qu'il a plus de 80 ans, car il a toujours vécu à cet endroit aussi loin que remontent leurs souvenirs. Mais interrogez-le vous-même et il vous dira sûrement, comme à tout le monde, qu'il a l'âge de ceux qui ont pris le petit détour à sens unique vers l'inconnu et qui contemplent désormais la vie en tournant le regard vers l'arrière; ceux qui apprennent à sonder les profondeurs du silence et qui ne savent plus parler pour ne rien dire ; ceux qui ont vu Douala se transformer de décennie en décennie comme un roman photo en noir et blanc auquel on ajouterait progressivement des couleurs, des personnages, des lieux, des événements, des décors et des paysages de toutes sortes au fil discontinu des chapitres qui se suivent. Toujours vêtu d'une chemise soigneusement amidonnée et d'un *sandja*[78] sombre noué autour de la taille, c'est un homme qui vit simplement et accueille tout le monde à bras ouverts dans sa maison. Très peu de gens connaissent son véritable nom et ça n'a d'ailleurs pas grande importance, car celui qu'on lui a donné lui sied à merveille – *Pa'a Muledi*[79]. Le maître parce qu'il fût maître d'école du temps où la collection *Mamadou et Bineta* accompagnait les écoliers dans l'apprentissage du français; le maître parce qu'il porte en lui des siècles de l'histoire authentique de sa chère Douala natale, perdue dans les

[78] Pagne, tenue vestimentaire des hommes côtiers. Son origine remonterait à l'Égypte pharaonique.
[79] Enseignant, maître ou professeur en langue Duala. Le titre Pa'a (Père) constitue une marque de respect envers celui qui exerce cette profession, qui fut autrefois considérée comme très noble.

méandres de la subjectivité et le trop-plein de folklore; le maître parce qu'il ouvre la bouche avec sagesse pour ressusciter des histoires d'antan que l'on ne raconte plus aux jeunes générations.

Connais-tu l'histoire de Kanya, princesse Bonambela qui vécut au 18ᵉsiècle et épousa Ejobè, prince captif originaire de Bakossi ? Elle lui donna un fils du nom d'Ebele, un héros qui naquit dans le royaume Bell, redoutable champion de lutte traditionnelle et ancêtre du clan des Bonebela, qui forment aujourd'hui le canton Deïdo.

Approche et tends l'oreille! Viens découvrir l'histoire des natifs de Djébalè, ceux-là même qui détiennent les secrets des eaux, descendants de Malea le pêcheur, Malea qui tomba éperdument amoureux d'une sirène. Engigiláye[80]...

Chœur : Ewese![81]

Engigiláye...

Chœur : Ewese !

Histoire ?

Choeur: Raconte!

Il était une fois, un brave homme qui s'appelait Malea, parti de son Congo natal à la recherche d'une terre fertile. Sur son chemin, alors qu'il s'approchait du fleuve Dibamba, à travers les forêts de mangrove de l'estuaire du Wouri...que voit-il? Une Mami Wata, mi-femme mi-poisson, une de ces magnifiques sirènes dont la beauté laisse sans voix. « Voilà une femme que je ramasse! » s'écria-t-il. Quand elle aperçut le brave Malea, Jengu la

---

[80] Expression qui introduit un conte dans la tradition populaire des *Duala*. Le conteur l'emploie pour faire plonger l'audience dans son histoire.

[81] Réponse donnée en chœur par l'audience au conteur, pour marquer son intérêt pour l'histoire et encourager le conteur à poursuivre.

sirène tomba sous son charme et s'écria à son tour: « Jobalè! [82]Voilà un homme que je ramasse! » Malea prit donc la sirène pour femme et de leur union, naquirent plusieurs enfants dont Mangalé, père fondateur de l'île de Djébalè.

Mais un beau jour, une violente dispute éclata entre les deux époux et Malea commit l'irréparable. Il insulta Jengu la sirène, se moquant de son aspect physique. Blessée par les paroles de l'homme qu'elle aimait, Jengu retourna dans les eaux, emmenant avec elle ses filles. Envahi de regrets, Malea prit avec lui la plus belle marmite de victuailles que l'on puisse imaginer et il descendit dans les eaux avec l'espoir de ramener sa femme avec lui. Jengu fit bon accueil à son mari, mais ne retourna jamais auprès de lui. Elle demeura dans les eaux jusqu'à la mort de celui-ci. Depuis lors, les natifs de Djébalè et descendants de Mangalé, lui-même fils aîné du brave Malea et de la belle Jengu, communiquent avec les esprits des eaux. Durant la cérémonie du ngondo[83], c'est à eux que revient le privilège d'immerger la marmite sacrée contenant le message des ancêtres dans les eaux profondes.

Toi l'enfant d'ici ! Que sais-tu donc du ngondo ? Toi l'enfant de là-bas ! En connais-tu l'origine ? Écoute donc cette histoire qui remonte à une époque lointaine, longtemps avant l'arrivée des premiers missionnaires.

Il y avait un homme de la tribu Pongo qui se nommait Malobè, grand comme un baobab et fort comme un lion.

---

[82] *« Voilà un homme que je ramasse ». D'après la tradition orale des Malè Malè (habitants de Djébalè), le village Djébalè tirerait son nom de cette exclamation.*

[83] Fête traditionnelle et rituelle des peuples côtiers (Sawa) du Cameroun, célébrée en fin d'année dans la ville de Douala.

Chœur : Malobè a o don ! [84] Malobè a o don !

Quand venaient les jours de marché, le terrifiant Malobè arrivait comme un tourbillon, Malobè grand comme un baobab et fort comme un lion, terrorisant les commerçants Duala, saccageant tout sur son passage. On pouvait entendre les gens crier partout à travers le marché : Malobè a o don ! Malobè a o don !

Chœur : Malobè a o don ! Malobè a o don !

La nouvelle parvint aux chefs des quatre clans Duala – Bonabédi, Bonebela, Bonaku et Bonanjo – qui convoquèrent une assemblée pour tenter de résoudre le problème. C'est ainsi que le ngondo, qui signifie cordon ombilical en langue Duala, vit le jour en réponse à une nécessité pour les quatre clans de s'allier contre un ennemi commun. Les chefs Duala firent alors venir le redoutable Ngomninga de la tribu des Bakoko pour défier Malobè, Malobè grand comme un baobab et fort comme un lion.

Quand le terrifiant Malobè arriva cette fois-là...

Chœur : Malobè a o don ! Malobè a o don !

Quelqu'un lui fit obstacle. Un homme de sa trempe : Ngomninga, l'homme qui en valait trois, choisi entre tous par les dignitaires Duala et déterminé comme jamais à vaincre son adversaire. Le combat entre les deux géants demeure à ce jour l'un des plus rudes que les peuples de la côte n'aient jamais connu – le lion de la tribu Pongo face au tri-homme de la tribu des Bakoko. Malobè et Ngomninga se firent face. Le terrifiant Malobè, Malobè grand comme un baobab et fort comme un lion, rugit de toutes ses forces, tel un fauve en colère. Mais le redoutable Ngomninga, l'homme qui en valait trois, avait la faveur des ancêtres. Il maîtrisait aussi mieux que quiconque l'art de la lutte. Le combat prit fin en faveur de celui que les chefs Duala

---

[84] *« Malobè est là ! » Aujourd'hui encore, la phrase « Malobè a o don » est parfois utilisée en Duala de façon ironique pour désigner un obstacle qui se dresse sur le chemin de quelqu'un.*

avaient désigné pour restaurer l'honneur de toute une tribu. Et Malobè, notre héros déchu couvert d'opprobre, fut ligoté puis vendu aux négriers.

Chœur : Malobè a si wèli Ngomninga![85]

Il y a bien des choses encore que Pa'a Muledi pourrait vous raconter sur la ville qui l'a vu naître, des héros quasi oubliés de l'histoire dont il pourrait vous relater les exploits. Ses oncles issus de tous les cantons lui ont raconté comment Lock Priso de l'ancien Hickory Town[86] s'opposa à la signature du Traité germano-douala. Ce sont eux qui lui ont narré en sa langue maternelle le combat acharné du patriote Adolf Ngosso Din, assassiné le même jour que son fidèle compagnon Rudolf Douala Manga Bell pour s'être opposés à l'expropriation des terres des autochtones par les colons. Nombreux sont ceux de la génération du vieil homme qui furent témoins du supplice de Marcel Bebey Eyidi du Parti travailliste, homme de conviction incarcéré pendant trois ans à Tcholliré[87] pour avoir remis en question les pratiques du parti unique après l'indépendance. Enfouies sous les cendres de l'histoire, reposent toutes ces âmes dévouées du clergé qui ont combattu le bon combat et sont restées fidèles jusqu'au bout : Adolphe Lotin Samè[88] dont l'œuvre

---

[85] *Malobè est tombé face à Ngomninga!*

[86] Ancien nom du quartier Bonabéri. Ce nom lui avait été autrefois donné par les premiers explorateurs de la côte du Cameroun. Le roi Lock Priso, l'un des premiers résistants à l'occupation étrangère, y régna pendant près de 70 ans.

[87] Ville du Nord Cameroun qui a hébergé l'une des principales prisons politiques du Cameroun après l'indépendance.

[88] Pasteur, dirigeant de la *Native Baptist Church*, panafricaniste et auteur de nombreux cantiques, Adolf Lotin Samè fût poursuivi par les occupants allemands et plus tard combattu par les missionnaires français pour ses prises de position en faveur d'une église locale autonome, libérée de toute influence coloniale.

ecclésiastique transcende les générations et Thomas Ekollo[89], lui-même fils du Révérend Joh Ekollo.

Il y a aussi des époques marquantes que le vieil homme pourrait vous faire traverser, des moments historiques qu'il pourrait vous faire vivre : Douala, courbée sous les fers du conquérant venu de l'Occident à l'âge industriel…Douala, secouée par les revendications des indépendantistes à l'heure du maquis…Douala, debout le jour de l'an 1960…Douala, ville en feu…

Dans la nuit du 14 janvier 1960, des rebelles autochtones armés jusqu'aux dents ont pénétré le bar « La Frégate » et ont semé la terreur parmi les Occidentaux. Un peu plus tard, ils ont attaqué un cinéma et un commissariat de police. Il y a eu quelques morts, beaucoup de blessés et des dégâts matériels dans la foulée. Quelques mois après l'incident de « La Frégate », de violentes échauffourées causées par des combattants de l'ANLK ont éclaté au quartier Congo à New-Bell. Un terrible incendie s'en est suivi. Combien d'hommes sont morts ce jour-là ? Combien se sont retrouvés à la rue? Des centaines? Des milliers?

Les revendications sociopolitiques de la postindépendance ont fait couler beaucoup d'encre, de salive et de sang. Deux ans après l'effroyable incendie du quartier Congo, il y a eu l'épisode du wagon de la mort, où une vingtaine de détenus politiques de la prison de New-Bell sont morts asphyxiés. Il y avait parmi les détenus une femme qui tenait son bébé serré contre elle. Ils ont tous deux péri en chemin. Des hommes d'église indignés par le silence complice du gouvernement se sont faits la voix du peuple. « Que notre patrie soit une terre respectueuse de la vie et des droits de ses enfants », tels furent les propos de Monseigneur Jean Zoa, publiés sur la manchette de

---

[89] Pionnier de l'éducation, pasteur et figure marquante du protestantisme au Cameroun, Thomas Ekollo est aussi l'un des premiers traducteurs de la Bible en langue Duala.

l'édition n°327 du périodique L'Effort camerounais. Le Père Pierre Fertin, directeur de publication du fameux périodique à cette époque de grande turbulence politique, fut expulsé du pays en raison de son éditorial poignant sur l'affaire dans le n°327.

Combien de décennies ont passé depuis ces évènements troublants? Combien d'innocents ont été sacrifiés au nom d'une liberté illusoire ? Le cycle infernal ne s'est jamais arrêté, non, jamais. Il y a eu d'autres détenus politiques, d'autres affaires macabres, d'autres silences complices, d'autres publications jugées scandaleuses et d'autres Père Fertin depuis l'épisode du wagon de la mort. Couvre-feux, rafles, émeutes, perquisitions, séquestrations, insurrections nationalistes, maquisards en cavale, bataillons d'infanterie étrangers, ratissages de villages, tueries en masse, balles perdues, balles ciblées, chasses à l'homme, exécutions publiques, escadrons de chasseurs-bombardiers venus d'ailleurs, campagnes de propagande et rêves brisés se sont enchaînés dans un vacarme déconcertant. Puis un beau jour de novembre 1982, l'inattendu s'est produit, plongeant le pays entier dans la stupeur. « J'invite toutes les Camerounaises et tous les Camerounais à accorder, sans réserve, leur confiance et à apporter leur concours à mon successeur constitutionnel... Vive le Cameroun ». C'était au journal de 20h. Le Père de la Nation[90] nous disait publiquement au revoir. Deux jours plus tard, son successeur constitutionnel prêtait serment, apportant avec lui la pluie et le beau temps. Parfois il y a eu des moments glorieux comme la CAN[91] 1984 à Bouaké et la CAN 1988 à Casablanca, mais c'était comme si le soleil ne brillait

[90] Surnom du premier Président de la République du Cameroun, qui gouverna le pays de 1960 à 1982.

[91] Coupe d'Afrique des Nations. En 1984 et en 1988, les Lions Indomptables du Cameroun remportent la CAN.

jamais assez pour répandre l'espoir et la pluie finissait toujours par tomber dru.

Vendredi 6 avril 1984. Un jour interminable, de ces jours où l'on compte les minutes qui s'égrènent. Comment oublier le son de cette musique inflexible, rythmée comme un pas militaire et harmonieusement révoltée, cette musique qui fut diffusée en boucle sur les ondes de la radio nationale? Et la ville de Douala anxieuse, paralysée par l'attente, les oreilles tendues vers Yaoundé la capitale? Yaoundé qui fut le théâtre d'un combat sans merci entre une meute de loyalistes défenseurs du régime en place et une meute de dissidents affiliés à la Garde Républicaine. Un règlement de comptes, dira-t-on plus tard, entre des partisans du Père de la Nation[92] *issus majoritairement du Grand Nord et des partisans de son successeur constitutionnel issus majoritairement des forêts tropicales du Sud. Dans la soirée du samedi 7 avril 1984, un discours radiodiffusé provenant du Palais d'Étoudi annonça la victoire des loyalistes : « Camerounaises, Camerounais... Des éléments de la Garde Républicaine ont entrepris la réalisation d'un coup d'État... Des unités régulières de notre Armée nationale demeurées fidèles aux institutions et qui avaient reçu des ordres pour enrayer le coup de force, conduisirent le combat avec méthode et détermination...Le calme règne sur toute l'étendue du territoire national...Vive le Cameroun ».*

Environ six ans après le putsch manqué de 1984, il y a eu l'affaire Yondo Black[93]*, la marche de l'opposant John Fru Ndi dans la ville de Bamenda et au crépuscule de*

---

[92] *Voir 90.*

[93] En 1990, l'ex-bâtonnier Me Yondo Black se voit accusé de subversion et emprisonné avec d'autres activistes pour avoir tenté de créer un parti politique, nonobstant le système de parti unique adopté par le gouvernement camerounais. Son procès marquera un tournant décisif dans l'avènement du multipartisme au Cameroun.

l'année 1990, la lettre ouverte de Célestin Monga[94] *publiée dans l'hebdomadaire de Pius Njawé. Était-ce l'effondrement des régimes communistes en Europe qui avait chamboulé les idéologies politiques à travers le monde et conduit à une vague de démocratisation dans la plupart des pays d'Afrique noire francophone, le Cameroun y compris?*

L'année 1991 débuta par des manifestations de la Coalition de l'opposition, qui réclamait du gouvernement qu'une conférence nationale souveraine soit convoquée.

Fin avril 1991, l'opération « villes mortes » et l'appel à la désobéissance civile furent lancés par l'activiste Camille Mboua Massok pour appuyer la démarche de l'opposition. De jeunes étudiants engagés qui avaient choisi de se rallier à cette cause furent assassinés par les forces de l'ordre à Yaoundé. Interrogé à ce sujet, un éminent membre du gouvernement à la tête du ministère de l'information et de la culture déclara avec une belle assurance à la télévision nationale : « Je vous dis qu'il y a eu zéro mort ». Entre-temps, le nombre de morts ne cessait d'augmenter chaque jour et les manifestations de s'étendre sur l'ensemble du territoire national. Rien ne paraissait décourager les élans contestataires de l'opposition, pas même les commandements militaires opérationnels institués par le gouvernement.

---

[94] Publiée dans le journal *Le Messager* le 27 décembre 1990, « La démocratie truquée » est une lettre ouverte de Célestin Monga (autrefois banquier en poste à Douala), qu'il rédigea à l'intention du président de la République sur le caractère non-démocratique de la gouvernance politique au sein du pays. Accusé de plusieurs infractions, notamment d'offense au président de la République, son audace lui vaudra des démêlés judiciaires, qui aboutiront à un verdict de non-culpabilité grâce à la mobilisation des foules et de plusieurs mouvements en faveur de la liberté de presse. Ce verdict posera les premiers jalons de la libéralisation de la presse au Cameroun.

Juin 1991. Le gouvernement se prononça enfin sur la question qui agitait l'opposition et tout le peuple avec elle : « Je l'ai dit et je le maintiens : la conférence nationale est sans objet pour le Cameroun ».

Septembre 1991. Plusieurs leaders de la Coalition, dont Samuel Eboua, Jean-Jacques Ekindi et Gustave Essaka, furent arrêtés par les forces de l'ordre à Douala et soumis à ce que l'opinion publique nomma « la fessée nationale souveraine ». Mais les coups et blessures, les menaces et la torture psychologique dont ils furent victimes dans les locaux de la gendarmerie du port ne furent pas les seuls affronts que se permit le gouvernement à leur égard. Alors que Douala, fière de sa belle brochette d'opposants politiques et d'activistes se pensait une ville fortifiée impénétrable par l'adversaire, alors qu'elle se vantait d'être un dangereux piège où pas même un lion n'oserait s'aventurer, le Roi Lion d'Étoudi s'y aventura. Il arriva dans la ville d'un pas conquérant, secoua sa crinière et poussa un rugissement qui restera à jamais gravé dans l'histoire du pays : « Me voici donc à Douala ».

L'histoire ne s'arrête pas là, elle se poursuit dans le présent jusqu'à ce que le présent devienne à son tour histoire...mais les récits d'un vieil homme dont la mémoire s'effrite en valent-ils vraiment la peine ? Ne dit-on pas que la mémoire décline avec l'âge ? Si les souvenirs s'effacent avec le temps, l'histoire, quant à elle, se conserve. Elle se conserve dans les écrits, elle se poursuit dans les pages vierges qui l'immortalisent. Elle survit de bouche à oreille, elle se raconte d'une génération à l'autre; elle traîne avec elle les fantômes de la colonisation et les blessures béantes qui ne demandent qu'à être pansées; elle défriche la terre qui a goûté au sang versé des martyrs de l'indépendance; elle brise le silence des génocides anonymes perpétrés en pays Bassa et en pays Bamiléké; elle navigue par-delà les eaux du Mungo pour rendre compte du vécu des délaissés du Mont Fako et de ceux du Mont Oku depuis la réunification[95]*; elle remonte à l'origine de la crise anglophone; elle commémore les officiers fusillés en mai 1984 à Mbalmayo et à Mfou; elle plonge dans les mystères qui entourent la mort des religieuses catholiques de Djoum et celle de l'Abbé du diocèse de Sangmélima en 1992; elle rend hommage aux soldats tombés pour l'or noir de Bakassi*[96]*; elle ressuscite les neufs disparus de Bépanda; elle voyage jusqu'aux contrées éparses des peuples marginalisés, les Pygmées de la forêt, les Mbororos, les Haoussas, les Mboums, les Makas, les Chambas et tous les Kirdis de l'Extrême-Nord: Moundangs, Kapsikis, Toupouris, Guizigas, Dowayos et les autres petits points invisibles que l'on traite comme des parias dans un pays qui est aussi le leur.*

[95] Le Mont Fako (également appelé Mont Cameroun et situé dans la Région du Sud-Ouest) renvoie ici aux populations anglophones du Sud-Ouest, tandis que le Mont Oku (situé dans la Région du Nord-Ouest) renvoie aux populations anglophones du Nord-Ouest.

[96] Le litige frontalier de Bakassi (1981-2009) a opposé le Cameroun au Nigéria sur la question de la fixation des frontières entre les deux pays depuis les accords germano-britanniques. Il a été réglé par la Cour internationale de Justice, qui a statué en faveur du Cameroun en 2002. La péninsule de Bakassi, riche en pétrole et en gaz, a été transférée progressivement au gouvernement camerounais par le gouvernement nigérian après la signature de l'Accord de Greentree en 2006.

CARNET D'UN RETOUR À LA VILLE NATALE

17 juillet, jour 1

Quand le 737-700 s'est posé sur le tarmac de l'aéroport de Douala après 6h et demie de vol, j'ai pensé aux petits avions en papier qu'on avait fabriqués une fois, lui et moi, avec des feuilles arrachées dans de vieux cahiers commercialisés par la SAFCA[97]. C'était en 1998 ou en 1999, après la victoire de Dynamo 1-0 contre Canon à la Coupe du Cameroun, soit quelques années avant mon départ pour l'Europe. Sitôt la proclamation des résultats des examens officiels qui ouvre le bal des grandes vacances, au cœur de la saison des *prunes* et du triomphal retour des *Mbenguistes*[98] au bercail, j'avais rassemblé tous les cahiers que j'avais pu trouver chez moi, les miens et ceux de mes frères aînés, puis je m'étais rendue chez lui, au lieu-dit Carrefour Bamboutos à Bonabéri, avec mon trésor. J'en avais apporté au moins une quinzaine de couleurs et de formats différents, des cahiers Afrique, des Archer et des Calligraphe, dont on utilisa les pages vierges pour fabriquer des avions, des bateaux, des pirogues, des cigarettes, mais aussi pour jouer au *tombe-bic*. Le *tombe-bic* était un jeu populaire chez les jeunes à cette époque-là. Je l'avais baptisé ainsi parce qu'il n'avait probablement pas de véritable nom, comme certains jeux de notre enfance que les aînés nous ont transmis. Le principe du jeu est simple :

---

[97] Société Africaine de Fabrication de Cahiers appartenant au groupe Fotso Victor.

[98] Expatrié d'origine camerounaise vivant en Europe. *Voir aussi 66.* Ce terme renvoie à une idée préconçue selon laquelle émigrer en Europe équivaudrait automatiquement à une amélioration des conditions de vie voire à une élévation du statut social. Les deux grandes périodes qui marquent le retour des Mbenguistes au Cameroun sont les grandes vacances et les fêtes de noël.

pour deux joueurs, prendre deux stylos de couleurs différentes, généralement des stylos de marque BIC; tracer une ligne de départ horizontale sur une feuille vierge; le premier joueur pose la pointe du stylo BIC sur la ligne de départ et place simultanément l'index de la main sur le bouchon; il propulse l'outil le plus loin possible en l'inclinant vers le bas et lâche prise une fois que le trait est parti; il met ensuite une petite croix de repère à l'endroit où le hasard a conduit le trait; l'autre joueur fait de même; le premier arrivé au sommet de la feuille est le gagnant. Le *tombe-bic* était l'un de ses jeux préférés. Ma passion à moi, c'était la lecture. On se rencontrait habituellement à la Base Elf pour passer du bon temps, mais j'avais insisté cette fois-là pour qu'on se retrouve chez lui. Son chez-lui, c'était un assemblage inquiétant de planches de bois et de tôles ondulées, que je trouvais si différent des habitations classiques de mon Bali natal. Chez lui, il n'y avait pas de barrière, pas de fenêtres en vitre, pas de gardien, pas de télévision par câble ni d'eau potable, mais je m'y étais sentie aussi à l'aise que chez moi.

– Merci d'avoir choisi notre compagnie, madame, et bon séjour à Douala.

La voix de l'hôtesse de l'air m'a tirée de mes rêveries. C'était une jeune Africaine à la peau très claire, dont les longues tresses ramassées en chignon soulignaient le front large. Son menton carré aux contours anguleux semblait tirer vers le bas les petites fossettes qui encadraient son sourire chaleureux. Je lui ai rendu son sourire, mais le mien était moins chaleureux. Peut-être parce qu'une pensée avait traversé mon esprit, le genre de pensée indocile qui court plus vite que le bon sens et qu'on aimerait quelquefois rattraper si on le pouvait. Je n'étais pas rentrée chez moi depuis une bonne quinzaine d'années et maintenant que j'y étais, je voulais du local, je cherchais du nature; j'étais venu me ressourcer et trouver mes repères. Il était évident que l'hôtesse était originaire d'ici, du moins j'en avais la certitude – cette inexplicable certitude du compatriote qui reconnaît son semblable par une association instinctive de symboles familiers –, mais quelque chose en elle m'exaspérait : ce petit accent d'ailleurs qui sonnait faux et cette allure occidentalisée qui émanait d'elle presque comme un parfum naturel. « Pas besoin de *whitiser*[99] entre nous », j'ai eu envie de lui dire, mais un « merci » a lâchement glissé de mes lèvres.

Je suis descendue de l'avion aux côtés de plusieurs autres passagers, des Camerounais pour la plupart. Une cohorte de *Mbenguistes* impatients, qui marchaient comme s'ils venaient de traverser le Jourdain et que la terre promise les attendait après un long périple. J'étais moi-même comme plusieurs d'entre eux; j'avais la tête remplie de visages familiers que j'avais hâte de revoir et je rentrais les valises pleines de la plus belle expression d'amour que je puisse leur manifester : des vêtements neufs achetés à prix réduits pendant les soldes, des carrés de soie dégriffés, quelques parfums de marque, des déodorants format voyage, des produits de beauté, cinq paires de chaussures flambant neuves, un cellulaire bon marché, deux montres en cuir, du fromage de qualité, des biscuits sablés et quelques boîtes de chocolat fin. En bref, l'équivalent d'un mois de salaire débité de ma carte de crédit pour faire plaisir à ceux qui attendaient avec impatience mon retour de l'autre côté de la Méditerranée. C'est aussi ça être une *Mbenguiste*, une vraie *Mbenguiste* et non une usurpatrice. Il ne suffit pas de vivre en Occident et de vendre le rêve à travers les réseaux sociaux, mais il faut également pouvoir satisfaire, au minimum, certaines attentes des gens du *Mboa*.

---

99 Parler français comme un Français, en dénaturant son propre accent vernaculaire (camfr.). Par extension, imiter ou se comporter comme les Occidentaux.

En longeant le couloir de sortie, je n'ai pas pu m'empêcher de relever quelques différences avec les aéroports des grandes métropoles que j'avais visitées à l'autre bout du monde. Je cherchais des yeux, comme on fouille un objet perdu dans les moindres recoins, les signes d'une technologie aéroportuaire : un trottoir roulant, un escalier mécanique, une voiture électrique ou tout autre chose qui puisse me rassurer. Me rassurer…J'ai eu honte de me sentir étrangère dans ce décor. Au bout du couloir, deux femmes en blouses blanches à la mine sympathique nous attendaient : « Carnet? » J'ai présenté mon carnet jaune et je suis passée très vite. Arrivée au contrôle de police, la petite dame en perruque avec une robe *afritude* qui marchait devant moi a ouvert son pliage noir de chez Longchamp. Elle a sorti des billets neufs de vingt euros, qu'elle a glissés à l'intérieur de son passeport étranger en jetant un regard suspicieux autour d'elle. Nos yeux se sont croisés et elle m'a adressé un clin d'œil de connivence, trop familier à mon goût, comme si on partageait quelque chose d'indicible, une évidence que j'étais capable de saisir par un simple regard. Elle a mis un peu plus de temps que les autres au contrôle, puis elle est passée et ça a été mon tour. « Bonjour madame. Passeport s'il vous plaît ». J'ai tendu à l'agente de la police des frontières, qui mâchait bruyamment un chewing-gum, mon passeport et ma carte de débarquement à travers la vitre. Ça a été plus rapide que je ne l'aurais cru. J'ai récupéré mon passeport après le contrôle biométrique et je me suis dirigée, comme les autres avant moi, vers la salle des bagages.

L'attente des bagages s'est avérée un supplice. Je transpirais à grosses gouttes dans mon veston en coton et j'avais les pieds enflés. Une chaleur humide et écrasante s'était insinuée dans la salle, impatiente de souhaiter la bienvenue aux débarqués. Mais à la seule pensée d'être en terre natale après un long séjour en terre d'accueil, un sentiment de quiétude s'est emparé de moi. De la quiétude, c'est ce que j'ai ressenti. J'avais traversé vents et marrées pour revenir au berceau. *Un petit chez-soi vaut mieux qu'un grand chez les autres*, dit le proverbe.

Je suis restée debout près d'une demi-heure à alterner le regard entre le tapis roulant et les gens autour de moi. Des oiseaux migrateurs de passage dans leur nid. Un homme trapu dans la force de l'âge, qui portait un chapeau aux couleurs du drapeau camerounais, maugréait derrière sa moustache grisonnante, les yeux rivés sur le tapis roulant :

– *Tsuip*![100] Toujours la même histoire avec ces gens-ci. *Wêkê*![101] Déjà trente minutes d'attente et toujours rien ! L'année dernière, c'était ma valise qui avait disparu.

L'homme avait retiré son chapeau en parlant et d'un geste nerveux, il se passa le revers de la main sur son front en sueur. Une petite femme fluette à la peau d'ébène de la même tranche d'âge que lui, avec des cheveux à ras couleur blond cendré, tapait impatiemment du pied à ses côtés. Elle était parée de bijoux bohème tape-à-l'œil qui la faisait paraître trop encombrée. Dans un élan de sollicitude envers celui qui était sans doute son compagnon, elle lui tendit un mouchoir en papier.

– J'te l'avais dit, Patou, maugréa-t-elle visiblement exaspérée en jetant un coup d'œil à sa montre. Mais comme toujours, t'as pas voulu m'écouter ! On aurait choisi une compagnie étrangère pour voyager qu'on aurait eu moins d'ennuis. Moi j'en peux plus, hein! Je crève de fatigue. En plus, on cuit ici.

À quelques mètres derrière eux, une jeune femme qui ne devait pas avoir plus de trente ans s'appuyait sur la poignée

[100] Onomatopée du registre non-verbal exprimant le mécontentement, la désapprobation ou le mépris. Autre graphie : *Tchip*.

[101] Onomatopée du registre verbal pouvant exprimer un sentiment de lassitude, de frustration, de compassion ou de souffrance selon le contexte.

télescopique de son bagage à main. Les écouteurs aux oreilles, elle pianotait de temps à autre sur son iPhone. La parfaite jeune *Mbenguiste* comme on pourrait peut-être se la représenter abusivement, quand on a soi-même jamais traversé les frontières du pays natal : bagage à main griffé, chaussures neuves reluisantes qui paraissent tout droit sorties d'un magazine de mode, mèches brésiliennes qui tombent dans le dos, vêtements décontractés, peau du visage lumineuse parce que soi-disant l'air de *Mbeng*[102] embellirait la peau. En observant cette jeune femme, j'ai songé à tous ces immigrés dans les pays occidentaux qui arpentent les rues des villes sans chaussures neuves reluisantes; tous ceux qui ne se soucient pas d'avoir des accessoires de mode griffés parce qu'ils sont trop occupés à combler des besoins élémentaires indispensables à leur survie; tous ces galériens rompus à la tâche qui ont désormais deux fourchettes de chair rugueuses et sèches à la place des mains; tous ces expatriés qui se souviennent avec nostalgie de leur pays natal comme on se souvient d'une femme qu'on n'a pas su aimer quand elle était entièrement nôtre. Le tapis roulant a fini par vomir nos bagages et je me suis empressée de récupérer les miens. En sortant de la salle, j'ai aperçu deux agents de la douane qui scannaient des yeux les débarqués. Le plus âgé d'entre eux, un grand Nordiste baraqué à l'air sévère dont les yeux perçants semblaient défaire nos valises, a intercepté la jeune *Mbenguiste* avec des accessoires griffés. Après la longue attente des bagages, j'étais heureuse d'avoir échappé à la fouille aléatoire, car ce que je souhaitais plus que tout à cet instant, c'était de retrouver mes proches et de les serrer dans mes bras.

---

[102] L'Occident (camf.); l'Europe et l'Amérique du Nord.

À la sortie de l'aéroport, j'ai réalisé que j'étais vraiment de retour au *bled* quand une femme âgée vêtue d'un *kaba*[103] fleuri avec un joli foulard assorti sur la tête m'a gentiment souhaité la bienvenue : « Bonjour ma fille. Bienvenue au Cameroun o. Bienvenue chez nous ». Tout sourire, elle agitait vigoureusement de la main un drapeau miniature vert-rouge-jaune. Ma fille...Cela faisait des années que personne ne m'avait appelée ainsi. Quel bonheur de ressentir autant de sympathie dans la voix d'une parfaite inconnue. « Merci madame », ai-je murmuré en lui rendant son sourire. Derrière la joie et la spontanéité de cette femme dont j'entrevoyais la couronne de cheveux blancs sous le foulard, j'ai cru discerner un brin de fierté. Des images de soldats revenant de guerre ont défilé dans ma tête et se sont volatilisées aussi vite qu'elles ont surgi. Un jeune *Mbenguiste* qui traînait derrière lui une grosse valise s'est jeté dans les bras de la vieille dame : « *Mamie, ya mela'a?* »[104]. Elle s'est mise à pleurer à chaudes larmes. Une autre femme a poussé un cri perçant en voyant s'avancer vers elle une jeune fille qui lui ressemblait trait pour trait : « *A Ngo Bikaï, ma fille é. U yé mbôô?*[105] ».

Plusieurs familles et individus étaient présents sur les lieux pour accueillir un être cher : une fille partie étudier à l'étranger après l'obtention de son baccalauréat et devenue par nécessité un pilier sur lequel se fondent les espoirs de

---

[103] Robe en tissu ample; vêtement traditionnel des peuples Sawa du Cameroun, porté par les femmes durant la cérémonie du ngondo. Le *kaba* (ou *kaba ngondo*) est aujourd'hui porté à toutes sortes d'occasions par les femmes de toutes les ethnies du Cameroun. Son origine remonte au temps des missionnaires anglais, mais il a connu une évolution importante depuis lors et s'est imposé au fil des siècles dans la mode camerounaise, voire africaine.

[104] « Mamie, comment tu vas? » en langue Bafang (ou Fè'fè), parlée principalement à l'Ouest du Cameroun, dans le Haut-Nkam.

[105] « Ngo Bikaï, ma fille, comment tu vas? » en langue Bassa, parlée majoritairement dans le Littoral du Cameroun.

trois générations au sein d'une famille, depuis les grands-parents jusqu'aux jeunes frères et sœurs ; un père parti chercher fortune en Europe il y a si longtemps qu'il faille désormais le présenter à ses plus jeunes enfants : « Jojo, voici ton papa. Viens le saluer. Poupina ma chérie, viens embrasser papa. Je t'avais dit qu'en vrai, il est plus grand que sur les photos, n'est-ce pas? » ; un fiancé longue-distance rencontré sur un réseau social, amoureux virtuel avec lequel on a échangé une multitude de photos et passé de longues heures à discuter au téléphone ; une tante *faroteuse*[106] qui envoie régulièrement des cadeaux et des *MoneyGram* à toute la famille restée au pays natal ; une amie de longue date avec laquelle on a gardé le contact malgré la distance ; un époux parti clandestinement loin là-bas, en passant par la Lybie ou par d'autres voies tortueuses, rescapé d'une longue traversée durant laquelle il a connu la torture des passeurs, la faim ou la traite des esclaves noirs, avant de finir sur une terre inconnue où il lui a fallu se résoudre à contracter un mariage blanc, dans l'espoir de régulariser sa situation et de retourner enfin voir sa petite famille; une cousine bien-aimée avec laquelle on a grandi, et que sais-je encore.

J'ai aperçu dans la mêlée mon vieux père qui marchait à ma rencontre avec des membres de ma famille, d'un pas claudiquant que je ne lui avais pas connu, un grand sourire aux lèvres. Il avait beaucoup maigri depuis la dernière fois que nous nous étions vus dans ce même aéroport, le jour de mon départ, à l'aube de l'an 2000. Il m'avait alors donné une petite tape affectueuse dans le dos et m'avait dit, les yeux remplis de joie mêlée de la tristesse de me voir partir : « Bon voyage ma fille. Que Dieu t'accompagne. J'ai confiance en toi ». C'était, dans mes souvenirs, la dernière

---

[106] Adjectif désignant une personne qui distribue généreusement de l'argent, souvent pour se faire remarquer ou asseoir son influence aux yeux des autres.

fois qu'il m'appelait *ma fille*. Comme s'il avait soudain pris conscience, après mon départ, que je n'étais plus une enfant et que j'allais devoir affronter seule la vie en Europe, il commença à m'appeler par mon prénom dans les jours qui suivirent : « *Allô Lydie, bien arrivée* ? » furent ses premiers mots à l'autre bout du fil. Dans le 767 de la défunte *Camair*[107] qui m'emmenait loin de mon pays, je regardais avec mélancolie les nuages défiler dans le toit bleu du monde, qui m'avait toujours paru si protecteur dans toute son étendue visible, mais qui m'apparaissait soudain illimité, insaisissable. J'avais l'impression que plus on s'en approchait, plus il s'éloignait de nous et se révélait inaccessible. Tel une bombe qui explose sans crier gare, des souvenirs de jeunesse avaient jailli de ma mémoire dans un chaos déconcertant, les plus vivides quelque peu entachés de fantaisie et des premiers élans d'une nostalgie qui, je l'ignorais encore, m'accompagnerait tout au long de mon séjour à l'étranger. Je replongeai malgré moi dans ces moments de pur bonheur que j'avais passés dans la grande cour de notre maison avec mes jeunes voisins, les pieds couverts de poussière, à jouer au *mbang*[108], au *pousse-pion*[109], au *ndoh-chi*[110] et à tous les jeux récréatifs qui faisaient monter notre adrénaline ; je contemplai la belle époque où j'avais adulé Ta'a Zibi, l'héroïne de *L'Étoile de Noudi*, mon téléfilm préféré à la CRTV, citant ses répliques à tort et à travers, sous le regard amusé de mes parents, lorsque nous prenions le traditionnel repas du soir en famille; je revécus, à bord du Boeing, les longues heures passées à s'acagnarder devant la télé avec mes frères,

---

[107] *Cameroon Airlines* (1971-2006).

[108] Jeu de claquettes version camerounaise, qui sollicite principalement les pieds, les mains et la voix du joueur.

[109] Variante du jeu de la marelle au Cameroun.

[110] Jeu de cible où l'arme de tir utilisée est un ballon ou un pied de chaussure. Le jeu nécessite plusieurs joueurs, dont un principal tireur et plusieurs fuyards, qui constituent les cibles du tireur.

fervents téléspectateurs que nous étions de *Chez nous les Mômes*, de *Tube Vision,* de *Délire*, de *Tam-Tam Week-end* et de plusieurs autres émissions qui réveillaient les graines de commentateurs et de critiques en nous; je songeai en fermant les yeux à l'orgasme intellectuel que m'avaient procuré *L'Enfant noir* et *L'Aventure ambiguë*, récits initiatiques qui m'avaient fait rire, pleurer et réfléchir longuement, alors que j'étais à peine plus âgée que les héros de ces deux classiques de la littérature africaine ; je me souvins du jour où ma mère m'avait envoyé acheter des boissons pour ses convives chez Monsieur Ndema, le *boutiquier* du coin, et tandis que je lorgnais d'un œil envieux son petit bocal en plastique au couvercle rouge rempli de friandises, le vieil homme l'avait ouvert et en avait sorti un bonbon alcoolisé rose-vert de la forme d'une noix de kola, celui que je préférais entre tous, puis il me l'avait tendu en souriant derrière ses lunettes rectangulaires : « *Ça c'est pour toi, ma grande Lydie. Tu me rembourseras un jour si je suis encore vivant, n'est-ce pas? »*. Jamais je n'eus l'occasion de le faire malgré ma promesse. Le présent est plein de certitudes, le futur d'aléas. Cette nuit-là, le vieux commerçant avait fait un AVC en dormant et quelques jours plus tard, il rendait l'âme à Laquintinie[111], dans les bras de sa fille.

– Papa!

Mon père m'a serré fort dans ses bras.

– Ça va Lydie ? *É kô* ?[112] Tu as fait bon voyage?

– *É kô bwăm*[113], papa. J'ai fait bon voyage, merci.

J'ai embrassé successivement tantie Mpongo, la sœur aînée de mon père chez laquelle je passais presque tous les

---

[111] Fondé en 1931 pendant la Colonisation, Laquintinie (autrefois connu sous le nom d'Hôpital Indigène) est un établissement public de santé situé dans le quartier Akwa.

[112] « Comment tu te portes? » en langue mbo.

[113] « Je vais bien », en langue mbo.

congés scolaires quand j'étais enfant, Pa'a Soumelong, son ami intime qui était devenu pour lui le grand frère qu'il n'avait jamais eu, tantie Ekosso, la sœur cadette de ma défunte mère qui, je l'apprendrai plus tard, était arrivée de Melong la veille pour célébrer ma venue, et sita[114] Ngondi, une amie de longue date de la famille qui résidait dans le même quartier que nous. J'étais émue de revoir toutes ces personnes qui occupaient une place spéciale dans mon cœur et dont les visages, que j'avais conservés intacts dans mes souvenirs, étaient marqués des plis du temps et d'un je-ne-sais quoi de profond, de sincère, de bouleversant et d'ineffable qui semblait transcender le vaste champ de perception de l'intellect.

21 juillet, jour 5

Des centaines de questions fourmillent dans ma tête, des énigmes par milliers s'y enroulent comme les petits mille-pattes qui tombent des murs défraîchis de la maison de mon enfance. Près de deux décennies se sont écoulées depuis mon départ, mais il me semble à présent que je suis partie depuis des siècles. Sinon, comment expliquer le fait que la ville – ma ville – soit tombée dans un tel état de décrépitude que je ne la reconnais plus ? Les habitations de mon quartier natal, que j'ai dressées et peintes en couleur dans mon imagination, sont presque toutes vétustes, négligées ou délabrées. Les rues que j'ai parcourues enfant et que j'ai soigneusement balayées dans ma mémoire sont couvertes de déchets, parsemées de nids-de-poule. Je me balade de quartier en quartier, agrippée au volant de la petite Toyota Yaris de mon père, les vitres grandes ouvertes pour mieux respirer l'air de la ville. La poussière ambiante s'infiltre dans mon véhicule, m'effleure le visage et se pose

[114] Emprunt à l'anglais. Forme contractée de *sister*, communément utilisée au Cameroun pour designer l'amie proche, la sœur, la tante, voire la mère.

sur mes lèvres humides. Cette poussière a un arrière-goût familier, celui du *kalaba*[115], l'argile blanche que je mâchais autrefois en secret dans l'obscurité de ma chambre quand tout le monde dormait.

Je sillonne les rues bondées de monde de cette métropole vivante, Douala, la méso-urbaine, submergée par l'assourdissant tintamarre du chaque-jour, rue Koumassi, rue Bertaut, rue Gallieni, rue Dika Mpondo et toutes ces artères tortueuses où s'entrecroisent le hasard de l'aventure et l'art du vivre-simple. Partout où je promène le regard, des vendeurs à la sauvette, bravant les coups de soleil, la poussière soulevée par les véhicules, le bourdonnement incessant des mouches et le spectre de la précarité, proposent à des passants souvent indifférents une variété de marchandises – fruits, magazines, friandises, chaussures et autres – exposées sur des plateaux ou des étalages de fortune : « Ma chérie, il y a les bananes bien mûres o… Ma beauté bio, viens trouver ta pointure ici, fais voir ton pied… Chips et *chin chin*[116] bien croustillants là!... Arachides et maïs grillés? … »; des *bend-skinneurs* imprudents, qui pilotent leur moto-taxi comme on manœuvre un cheval de course, galopent à bride abattue, zigzaguent entre piétons et voitures, cascadent et freinent sec en proférant des menaces ou des insultes à tout vent : « Mouf, tu crois que c'est la route de ton père ici? Dégage de là !... Démarre ton vieux taxi qui bloque la voie, imbécile! … Mon frère, si tu t'amuses encore en route, je cogne tes maigres pattes de coq là! » ; des chauffards ambulants appuient sur le klaxon

---

[115] Argile blanche provenant des roches sédimentaires de l'Ouest du Cameroun, devenue un produit commercialisé et comestible dans plusieurs pays d'Afrique, y compris le Cameroun, malgré les dangers qu'elle représente pour ses consommateurs. Plusieurs femmes consomment ce produit sans modération comme de la drogue. On l'appelle aussi kaolin.

[116] Croquettes de farine qui servent de collation ou d'amuse-gueules au Cameroun et dans d'autres pays d'Afrique.

toutes les cinq minutes et sortent la tête par la fenêtre dans un élan d'impatience. Le cœur de la ville bat la chamade.

Je suis heureuse d'être de retour chez moi, où je sais que je trouverai toujours un abri si la tempête gronde trop fort ailleurs. Mais tellement de choses ont changé depuis mon départ que j'ai l'impression d'être une étrangère sur ma propre terre. Sont-ce mes propres standards qui ont évolué ou alors ma ville natale qui a régressé ? À présent que j'ai contemplé d'autres cieux, que mon regard autrefois candide s'est laissé apprivoiser par une esthétique d'ailleurs, que j'ai pactisé avec le progrès et ses machines, que j'ai adopté le sempiternel métro-boulot-dodo et que j'ai tenté de rattraper le temps qui file en sautant de bus en bus, que je me suis laissée séduire par les vitrines magnifiquement décorées de noël bordant les rues enneigées et les couleurs vives du printemps, que j'ai fait la queue au McDo pour savourer des burgers-frites chauds et que j'ai humé toutes sortes de plats exotiques, suis-je encore capable de m'intégrer sans difficulté ici ? J'ai le sentiment que mon cœur est ici, mais mon esprit demeure là-bas. Ici où je suis née et où je rêve d'être quand je suis là-bas. Et là-bas, qui occupe mes pensées depuis mon arrivée et que je ne cesse de comparer à ici. Il faut que je le voie, il faut absolument que je revoie Ibrahim. Depuis toutes ces années, je n'ai pas cessé de penser à lui, à tout ce que nous avons partagé, aux promesses que nous nous sommes faites, à nos étreintes fugitives, à notre premier baiser, à nos corps tendrement enlacés.

23 juillet, jour 7

– Tu n'as pas changé, Lydie. Toujours aussi belle et enjouée. On dirait que tu rajeunis avec le temps.

Attablés sur la terrasse de l'hôtel Ibis, nous prenons le petit-déjeuner. Au menu : deux assiettes d'œufs brouillés, une baguette de pain, quelques tranches de fromage sec, deux croissants et du jus de *foléré*[117] frais. La vue est magnifique depuis La Véranda Ibis, aménagée avec élégance dans des tons bois, rouge et jaune. À travers les baies vitrées qui séparent le confort intérieur de la tranquillité extérieure, on se délecte de la verdure et du modeste décor des tables installées sous l'ombre bienveillante des parasols.

– Flatteur va! Il paraît que j'ai pris du poids...

Son regard se promène sur mon visage, descend sur mon cou, effleure ma poitrine et se heurte brusquement à la table qui dissimule le reste de mon corps. Il remonte sans transition à mon visage qu'il scrute avec attention.

– Peut-être quelques rondeurs, mais tu sais très bien qu'on les préfère un peu en chair par ici. Tu as bonne mine en tout cas.

Ce sourire charmeur et ce regard espiègle capables de troubler la sérénité la plus parfaite, je ne les connais que trop bien.

– Marié ?

Malgré mes efforts pour paraître détachée, mon ton inquisiteur trahit probablement les émotions qui m'agitent de l'intérieur : joie, colère, frustration et amertume. Ibrahim m'observe silencieusement pendant un instant qui me paraît durer une éternité. En attendant la sentence, je mords dans un croissant que je mâche à grand-peine.

– Pas encore, me répond-il en coupant une tranche de pain épaisse dans son assiette. J'attends toujours la perle rare. Peut-être suis-je sur le point de la trouver.

– Ah bon? Je te souhaite réellement de la trouver, cette perle rare tombée du ciel.

– Ou d'avion, propose-t-il en souriant. Ça pourrait par exemple être une belle africaine au teint chocolat ayant

[117] Boisson naturelle faite à base de fleurs d'hibiscus sèches.

atterri de nulle part dans ce coin perdu du monde, où je m'éteins dans la solitude. Une femme venue combler le vide immense dans mon cœur.

– Oh là là! Roméo, sors de ce corps! Je parle bien à Ibrahim Yaya, n'est-ce pas?

– Je le prends comme un compliment, Juliette! Euh...Lydie.

Nous partons d'un grand éclat de rire qui vient briser la glace et les murs de formalités qui entouraient jusque-là nos échanges. L'humour a toujours été pour lui une échappatoire quand la conversation prend une tournure délicate. Mais je ne lui accorderai pas le luxe des faux-fuyants aujourd'hui, car j'ai longtemps attendu ce moment. Il peut toujours courir autant qu'il le souhaite pour m'éviter, je l'attendrai simplement à la ligne d'arrivée.

– Dis-moi ma belle activiste, qu'en est-il donc des grands discours de panafricano-nationaliste que tu me tenais autrefois? L'Afrique doit s'unir...Le Vieux Lion d'Étoudi doit quitter le pouvoir...Il faut lutter contre la marginalisation des anglophones...Le renouveau démocratique, c'est aujourd'hui ou jamais, etc. On ne s'est pas laissé engourdir le cerveau par le froid de l'Occident, j'espère. Je ne veux pas me foutre de ta gueule, tu sais, mais pas grand-chose n'a changé depuis ton départ. D'ailleurs, certains dirigeants que tu as laissés au pouvoir y sont encore et comptent bien y rester, avec leurs cannes et leurs dentiers. L'ancien directeur général de la défunte SONEL[118] et premier président du Sénat, le vieux flic de la Sûreté Nationale, le père de l'UNDP[119], le Vieux Lion lui-même...On a sombré dans la gérontocratie et le pays va toujours aussi mal, ma chère, si ce n'est plus mal qu'avant.

---

[118] L'ancienne Société Nationale d'Électricité du Cameroun, avant sa privatisation.

[119] Parti politique du Cameroun.

– N'oublie pas qu'il faut toute une armée pour mener une bataille, mon cher Ibrahim. Une armée déterminée et unie. Quand le peuple Camerounais en aura suffisamment marre pour revendiquer ses droits, et je parle de les revendiquer jusqu'au bout, comme les Sénégalais en 2011 ou les Burkinabés en 2014, les choses changeront sûrement. Comment espérer un quelconque changement dans un pays où de nombreux citoyens se soucient u-ni-que-ment de leur bien-être et de celui de leur famille ? La crise anglophone par exemple, ce n'est pas un problème qui concerne seulement les anglophones. Non. C'est une crise qui touche à l'ensemble du peuple camerounais. Mais je suis éberluée d'entendre certains compatriotes parler avec détachement de cette situation. Ils encouragent les populations anglophones sur les réseaux sociaux, ils compatissent à leur sort. Mais bon sang! C'est pour nous tous qu'il faut pleurer, c'est notre sort qu'il faut plaindre Ibrahim, car c'est nous qui sommes touchés. Nous, le peuple camerounais. Les dirigeants s'en foutent pas mal du peuple, francophones et anglophones réunis. Ça les arrange d'ailleurs que nous soyons si divisés, si détachés de notre propre futur et si individualistes que plusieurs d'entre nous se préoccupent seulement de leurs *propres* affaires.

J'ai le cœur qui bat fort et la voix qui tremble d'émotion. Ibrahim me prend gentiment la main et me sourit. Je ne peux m'empêcher d'admirer le contraste entre sa peau d'ébène luisante et ses dents d'un blanc ivoire.

– Tu n'as pas changé, ma petite fleur de *Mbouroukou*[120], me chuchote-t-il. Je peux maintenant confirmer avec joie que le froid ne t'a pas engourdi le cerveau. J'ai eu peur que tu me reviennes plus …comment dire…adoucie.

– Tu m'as manqué, Ibrahim. J'ai essayé de t'oublier.

---

[120] Village situé dans le département du Moungo de la Région du Littoral au Cameroun.

Pour me soustraire à son regard déconcerté, je me concentre sur mon plat presque vide. Je découpe en mille morceaux un petit bout de fromage qui finit par s'émietter. Comme j'aimerais disparaître sous terre tellement j'ai honte de dévoiler ainsi mes sentiments! Mais la honte n'est rien comparée à l'immense solitude que je ressens. Je n'en peux plus de ce vide qui m'habite nuit et jour, assise dans le métro, affairée au travail, seule dans mon appartement, couchée dans mon lit à deux places et même en compagnie de mes amis le week-end. Je n'ai pas fait ce long voyage pour rentrer bredouille. Non, je ne veux pas retourner loin là-bas avec ce poids qui me pèse sur le cœur.

– Toi aussi tu m'as manqué, Lydie.

– Et ce long silence, Ibrahim ? Tu n'as jamais répondu à mes messages. Je t'ai écrit sur Hi5 d'abord, puis sur Facebook et tout récemment sur LinkedIn. Mais tu t'es contenté d'accepter mes demandes d'amis, tout au plus de répondre à mes messages par des émojis ou de cliquer sur « j'aime ». Voilà ce à quoi tu m'as réduite! Je suis devenue pour toi une amie virtuelle. Toutes ces années ne représentaient donc rien pour toi! Tu m'as déçue, Ibrahim. Tu m'as beaucoup déçue.

C'est plus fort que moi, je n'arrive plus à contenir ma colère. Il faut que je l'exprime, il faut qu'il comprenne que j'ai perçu son silence comme un rejet pur et simple de ma personne.

– Tu le sais, Lydie. Je te l'ai dit quand tu partais. Je ne crois pas en l'amour à distance. La femme que j'aime, j'ai besoin qu'elle soit à mes côtés, ici près de moi. Les appels, les messages, les photos, les voyages-éclairs et tout le baratin, ce n'est pas mon truc. Tu me connais. Et puis on était si jeunes à l'époque! J'ai voulu y croire, j'y ai cru pendant un moment mais après, j'ai dû m'y faire. J'ai fini par accepter l'idée que je t'avais perdue.

– Et tu as pensé à moi dans tout ça, à ce que je pouvais ressentir? Toute seule, dans un pays étranger, sans repères, loin de ma famille, loin de mes amis, loin de toi Ibrahim. Tu t'es lâchement débarrassé de moi, c'est tout. Plus de nouvelles, plus de contact avec mes amis, rien. Tu as disparu au moment où j'avais le plus besoin de toi.

Le regard attendri, Ibrahim me caresse le poignet et presse affectueusement sa main sur la mienne. Mon cœur cogne si fort dans ma poitrine que je me demande s'il l'entend battre à l'autre bout de la table.

– Lydie, ma petite fleur, je suis désolé. Je n'ai jamais voulu te blesser. Trop de choses nous séparaient et j'ai essayé de te le dire avant ton départ, mais tu n'as jamais voulu affronter la réalité. Je suis un homme des bidonvilles, né dans un taudis à New-Bell, tu le sais bien. J'ai grandi dans les quartiers les plus défavorisés de Douala, dans des *kwatts*[121] misérables où l'innocence de l'enfance ne dure jamais longtemps et se brise parfois en éclats comme un rêve fragile. J'ai connu la faim, celle qui te serre les entrailles, celle qui perdure et qui ne se laisse pas vaincre par une malheureuse assiette de riz sauté à l'huile avec des oignons. J'ai vécu la pauvreté, Lydie, la misère. Le *nguémé*[122] du *mboa* qui te fait *sciencer*[123] comme un fou. À un âge que tu ne soupçonnes pas, quand tu jouais encore à la poupée et que tu dormais paisiblement la nuit dans votre villa bien gardée de Bali, entourée de ta famille, de tes gardiens et de tes chiens, moi je ne dormais que d'un œil, dans l'insécurité et la peur, la peur de se faire braquer par des bandits parce qu'on n'avait pas réellement de fenêtres ni de portes chez nous. Toutes les ouvertures, mon père les avait bloquées avec des cartons et des tôles. J'étouffais dans

---

[121] Quartiers (camf.).

[122] La pauvreté ou le manque de ressources financières en camfranglais.

[123] Réfléchir longuement en camfranglais. Mot de la même famille que le nom *science*.

cet environnement pourri, au milieu des rats, des cafards, des mille-pattes, des moustiques et quelques fois même des serpents. J'ai connu l'impuissance que la pauvreté impose à l'homme qu'elle tient par le collet, le sentiment d'impuissance qu'on ne brave que par la fureur de réussir. Mon passeport pour la réussite, c'était l'école. Quand nous avons quitté Bépanda Casmando pour le Carrefour Bamboutos à Bonabéri, ça a été l'enfer. À Bépanda au moins, je pouvais manger chez mes voisins et vice-versa, j'avais ma famille qui habitait dans les environs, j'avais des proches sur qui je pouvais compter. Quand il n'y avait rien à manger chez nous depuis le matin, j'allais voir Papi le roc, un *mbom*[124] du quartier qui travaillait comme portier dans des boîtes de nuit et qui avait toujours un bol de gari[125], du sucre et des arachides grillés prêts pour un petit frère dans le besoin. Quand on nous coupait l'électricité à la maison parce qu'on n'avait pas payé nos factures, j'allais étudier chez mon oncle Issa, qui habitait à quelques mètres de la maison. Mais à Bonabéri, je ne te raconte pas les difficultés que j'ai rencontrées. Certains soirs, j'étudiais avec une lampe-tempête ou une torche parce qu'on n'avait pas d'électricité et que je n'avais personne chez qui aller. Souvent, on n'avait pas d'eau chez nous, mais il y avait un monsieur dans le voisinage qui avait un puits dans la cour de sa maison, un retraité de la Régifercam[126] que les jeunes du quartier avaient surnommé Papa bon-cœur parce qu'il était généreux. J'allais chez lui plusieurs fois par semaine avec un seau en fer que je transportais sur ma tête dès qu'il était rempli. Je pouvais faire jusqu'à 15 tours par jour pour

---

[124] Homme, gars (camf.).

[125] Semoule fine obtenue à partir du manioc râpé. Très répandue en Afrique centrale et en Afrique l'Ouest. Son prix relativement bas en fait un aliment de base accessible à tous.

[126] Régie nationale des chemins de fer du Cameroun, avant sa privatisation.

que nous ayons de l'eau à la maison. Souvent, Papa bon-cœur me dépannait avec un billet de cinq cent francs. Il me disait « va t'acheter un jus à la boutique, mon garçon. Tu travailles dur pour ton jeune âge ». À l'époque, je raffolais du D'jino Cocktail de fruits et j'aurais bien aimé m'en acheter un pour me faire plaisir, sauf que ma famille n'avait rien mangé depuis le matin. Avec les cinq cent francs que j'avais reçus, il me fallait les nourrir du mieux que je pouvais, au pain chargé le matin ou aux beignets haricots le soir. Je me souviens de tous les petits boulots que mes parents ont faits pour payer les études de leurs cinq enfants. Maman vendait parfois des arachides grillées, parfois de la bouillie de maïs ou des bonbons. Elle faisait aussi des tresses pour joindre les deux bouts. Papa vendait du soya et il s'était improvisé cordonnier dans le quartier. J'ai travaillé fort pour être toujours le premier à l'école, pour être le meilleur en tout, pour briser le cycle familial, Lydie. Et puis je t'ai rencontrée un 11 février au Collège Libermann. C'était à l'occasion du *small tchop*[127]. J'étais venu ce jour avec un ami du Lycée de Bojongo dont la cousine était élève à Libermann. Je m'en souviens encore, tu sais? Tes amis Libermaniens m'appelaient *le wadjo*[128]. « Lydie, le petit *wadjo* là te *djoss*[129] quoi non? C'est chaud[130] ! » Un wadjo, c'est ce que j'étais pour eux et pour beaucoup d'autres. Ni plus ni moins. J'avais porté la pauvreté comme un stigmate pendant si longtemps que j'en avais presque oublié la question ethnique. *Wadjo*…Je suis quand même tombé fou amoureux de toi. J'admirais ta délicatesse, ton élégance, ta

[127] Fête traditionnelle organisée au Collège Libermann (combinant repas collectif, danse et autres activités) durant la semaine du 11 février, jour de la Fête nationale de la Jeunesse camerounaise.

[128] En camfranglais, appellation péjorative désignant une personne originaire du Nord du Cameroun.

[129] Discuter, bavarder. Par extension, raconter ou dire.

[130] (Camf.) Cette expression peut signifier c'est grave, c'est intéressant ou c'est sérieux, selon le contexte.

façon de t'exprimer et ta simplicité. Tu représentais tout ce à quoi j'aspirais. J'aimais nos échanges sur la littérature, la politique et tous les sujets qui nous passionnaient. Tu m'as accepté sans condition malgré nos différences, ma petite fleur. Au début, j'ai cru que nos convictions religieuses nous éloigneraient, mais non…Au contraire, tu m'as laissé être moi et tu es restée toi-même, fidèle à ta foi chrétienne. Je t'ai encore plus respectée pour cela. Mais le jour où tu m'as appelé pour me dire que tu avais obtenu ton visa, ce jour fatidique où j'ai réalisé que je ne pourrais probablement jamais te suivre parce que ce rêve était hors de ma portée, j'ai dû faire mon deuil. L'Europe, c'est loin. Les gens pensent différemment là-bas, je le sais. Comment être certain que tu reviendrais ici et que tu voudrais encore de moi? Ici déjà, dans notre propre pays, nous, les Nordistes, sommes traités comme des sous-hommes par de nombreux compatriotes; nous sommes souvent méprisés par nos frères des autres régions. J'ai longtemps réfléchi à tout ça après ton départ et je me suis demandé si tu resterais la même malgré le temps et la distance. Je me suis dit que ton regard changerait peut-être, que tu ne me trouverais plus assez bien pour toi après avoir vu autre chose là-bas.

Il y a dans les yeux d'Ibrahim une tristesse et une sincérité puérile qui me troublent profondément. J'ai soudain envie de le prendre dans mes bras et de le serrer contre moi pour le rassurer. Mais il faut que je l'écoute jusqu'au bout, il faut qu'on s'explique.

– Je ne me suis jamais plaint, Ibrahim. Pourquoi as-tu voulu penser à ma place?

– Parce que ma petite expérience de la vie m'a appris qu'un chat ne sera jamais un chien, même si tu lui apprends à aboyer. Ma réalité est trop dure pour te la faire vivre, Lydie. Toi, ingénieure diplômée d'une grande école européenne et fille d'un ancien délégué. Moi, fonctionnaire d'état ayant à charge toute une famille : mes vieux parents, mon plus jeune frère et tous les oncles qui nous ont aidés quand on traversait des moments difficiles. Tu te demandes sans doute pourquoi je ne suis toujours pas marié? Ce ne sont pas les prétendantes qui manquent, je te l'avoue. Mais je suis un homme plein de cicatrices qui a sacrifié sa vie pour sa famille, pour la voir sortir la tête de l'eau. Je ne souhaite à personne ce que nous avons vécu et je ne veux imposer à personne les choix que j'ai faits. À aucune femme et surtout pas à toi, ma petite fleur. Je t'avoue aujourd'hui que mes propres parents n'ont jamais compris ce que tu me trouvais. La première fois que tu es venue chez nous, ma mère n'en revenait pas. *Daada*[131] t'a observée en silence, puis quand tu es partie, elle m'a demandé en fulfuldé : « Ibrahim mon fils, n'est-ce pas une fille de riche que tu as emmenée chez nous aujourd'hui ? N'a-t-elle pas vu que nous sommes pauvres? Je ne veux pas que tu t'attires des ennuis en fréquentant une *galo*[132]. Je ne veux pas aller te chercher au commissariat ni pleurer sur ta tombe un jour ».

Interloquée, j'écoute attentivement le discours d'Ibrahim. Jamais auparavant je n'avais songé aux barrières géographiques, socioéconomiques et religieuses qui nous séparent. Nous sommes si différents l'un de l'autre, après tout. Moi j'aime avec le cœur et lui avec la raison.

– Je me doutais bien que tu reviendrais, Lydie, poursuit-il en me regardant droit dans les yeux. Je ne savais juste pas quand… Je savais que tu chercherais des réponses à tes questions et que tu n'hésiterais pas à revenir sur tes pas pour les trouver. Je te l'ai toujours dit, Lydie, la *fille-losophe* en toi a besoin de réponses et personne ne peut rien y changer.

Ce néologisme qu'il utilisait jadis pour me taquiner m'arrache un sourire. La *fille-losophe*.

– Tu n'es pas prêt à t'engager, Ibrahim. Tu m'aimes peut-être, mais pas assez pour tout recommencer.

---

[131] Mère ou maman en langue fulfuldé.

[132] Personne riche en langue fulfuldé.

– Lydie ma petite fleur, il y a des chapitres fermés de notre vie qu'il vaut mieux ne pas rouvrir. Quand un chapitre se termine au cours d'une histoire, un autre commence. Ce n'est pas moi que tu es venu chercher, non. Je crois que tu as simplement la nostalgie du passé, un passé dont je fais partie. Mais si tu le permets, et même si tu ne me le permets pas je te le dirai quand même parce que je t'aime trop pour te mentir, tu ne découvriras rien ici que tu ne saches déjà. Tu ne peux pas vivre dans le passé, il te faut avancer. C'est important de revenir sur ses pas de temps à autre pour se souvenir d'où on vient, mais ne te leurre pas, Lydie. Les réalités et les mentalités d'ici sont complexes, trop complexes pour être appréhendées de loin. Tu ne réussiras pas par tes seuls efforts à changer toute une nation qui a les yeux endormis. Tu pourras faire avancer les choses à ta manière, comme d'autres visionnaires du pays ou de la diaspora avant toi, mais ne t'attends pas à révolutionner les choses au grand complet. Petite fleur, ton avenir est là-bas et non ici.

25 juillet, jour 9

Hier soir, Pa'a Soumelong m'a annoncé au téléphone que tantie Jeannette, sa petite sœur, était fraîchement arrivée de Nkongsamba pour me voir. Il a insisté pour que je vienne chez lui prendre les paquets qu'elle m'a apportés. Nkongsamba… Une chanson de Ndedi Eyango datant des années 1990 m'est revenue en tête. « *Nkongsamba é, Nkongsamba é...* ». Familièrement appelée Nkong par les autochtones, la ville de Nkongsamba est le chef-lieu du département du Moungo, qui formait dans son étendue un royaume avant sa division en communes par les colons. Son paysage urbain est dominé par le massif du Manengouba, dont les deux lacs de cratère mâle et femelle alimentent toutes sortes de mythes et de croyances. Située dans la région du Littoral, à une centaine de kilomètres de Douala,

Nkongsamba a connu ses années de gloire du temps où j'étais enfant et la culture du café en faisait l'un des grands pôles agricoles du pays. Mais c'était avant la chute des cours mondiaux du café à la fin des années 1980, quand sa petite gare ferroviaire était encore en service et qu'elle était bondée de vaillants hommes qui chargeaient, à longueur de journée, des sacs de café dans les trains de la défunte Régifercam en partance pour Douala. Nkongsamba, ancien paradis agricole où le café ne fleurit plus, le train ne siffle plus et la main d'œuvre a fini par migrer vers d'autres cieux à la recherche d'opportunités. À quelques kilomètres de distance d'elle, se trouve Melong, la commune qui abrite Mbouroukou, mon village. Mbouroukou, mon cher village perché sur les collines.

Lorsque Pa'a Soumelong m'a précisé au téléphone que sa sœur avait une petite surprise pour moi, j'ai vu mon père sourire et j'ai tout de suite pensé que tantie Jeannette m'avait apporté du *koki* de maïs sec avec de la sauce nzá, comme j'en raffole. Le *koki* de maïs est l'un des mets traditionnels de chez nous, une sorte de gâteau moelleux fait à base de farine de maïs et d'huile de palme. Cuit à la vapeur dans des feuilles de bananiers, on l'accompagne très souvent chez les Mbo[133] avec de la sauce nzà, une sauce dont l'ingrédient principal est le sel gemme. Emballée à l'idée de goûter un bon *koki* de maïs, je suis donc partie ce matin chez Pa'a Soumelong à Bon'ebong, au quartier Akwa. Son appartement est situé sur la rue Pau, au dernier étage d'un vieil immeuble qui a probablement été construit avant l'indépendance. Il y habite seul quand il est à Douala, car sa femme et ses enfants vivent à Nkong. Depuis le balcon de l'appartement, on aperçoit la façade rectangulaire du Temple du Centenaire, surmontée d'un toit en pignon et d'une tour au toit pyramidal.

---

[133] Peuple Sawa originaire du Département du Moungo, dans la Région du Littoral.

– Tu as bien fait d'arriver tôt, Lydia. Tu pourras m'aider à dresser la table, à réchauffer le repas et à le servir en attendant le retour de tantie. Elle est allée faire des courses à Mahima[134] pour Blaise.

– Blaise?

– Oui, Blaise, le deuxième fils de tantie Jeannette, me répond Pa'a Soumelong sans lever les yeux du petit bol d'arachides du village bouillis qu'il est train de décortiquer. Ah! J'ai oublié de te dire qu'il est là, lui aussi, ajoute-t-il en pointant évasivement le doigt vers une dizaine de cadres-photo accrochés aux murs du salon. Tu vois la photo en noir et blanc de tantie Jeannette avec un jeune garçon en cravate? C'est mon grand Blaiso quand il avait 6 ou 7 ans. Il vit au Canada depuis plus de 15 ans et il revient très souvent par ici pendant les grandes vacances ou les fêtes de fin d'années. Tu auras bientôt l'opportunité de faire sa connaissance.

Je regarde attentivement les photos jaunies par le temps qui habillent les murs blanc cassé du salon. Les cadres poussiéreux parsemés d'empreintes de doigts dissimulent partiellement les expressions de tous ces visages d'une autre époque, immortalisés dans du papier photo. Immortel, l'homme? Peut-être à travers ses inventions et ses œuvres intemporelles. Des visages inconnus et des visages familiers se déploient sous mes yeux, disposés harmonieusement de part et d'autre de la pièce. Je dois m'approcher de très près pour mieux les observer. Certains ont le regard vague, d'autres le regard profond comme s'ils cherchaient à me communiquer les émotions de l'instant précis où l'action de la lumière a pérennisé leur image dans le temps. Étaient-ils heureux ce jour-là ? Sont-ils tous encore vivants ? Où sont-ils aujourd'hui ? Que penseraient-ils en revoyant ces photos d'une autre époque ? Celui qui observe une photo se déporte vers le passé, alors que celui

[134] Supermarché situé sur le Boulevard Ahmadou Ahidjo à Akwa.

qui l'a faite cherchait à capturer l'instant présent et à se projeter en image dans l'avenir. À l'angle de chaque photo, des dates sont inscrites au crayon ou peut-être à l'encre d'un stylo qui s'est effacé avec le temps: 1982, 1979, 1983, 1980, 1986, 1978, 1985, 1988, 1981. Coiffures afro, pantalons pattes d'éléphant, jupes courtes évasées, jupes à panneaux, chaussures à semelles compensées... Il m'est difficile de croire que le style rétro d'aujourd'hui était la dernière tendance d'hier. Dans l'art de la photographie, c'est cette tension entre le passé, le présent et le futur qui m'intéresse précisément. Un jour, les images du présent que nous voulons transporter dans le futur feront partie de notre passé lointain. J'en suis à cette réflexion lorsque mes yeux croisent ceux du petit garçon en cravate.

– Le petit garçon sur la photo a l'air bien têtu, Pa'a Soumelong. C'est le genre de choses que je détecte facilement d'un regard. Grand-maman disait toujours qu'il y a des fronts qui ne mentent pas.

– Ah bon? Je ne savais pas que c'est le genre de choses qu'on peut voir à travers une photo. Qu'est-ce qu'il a de particulier, mon front?

J'aurais aimé ne pas crier en entendant cette voix inconnue et rauque souffler dans mon dos, mais trop tard! Dès qu'on se dit qu'on aurait aimé ne pas faire quelque chose, ça veut dire que soit on l'a déjà fait, soit on le fera pour une quelconque raison. Voilà, j'ai sursauté et crié. Pa'a Soumelong est vite intervenu pour me rassurer.

– Lydie, ma fille, calme-toi. C'est Blaiso. Je te présente Blaise. Je pensais t'avoir dit qu'il se repose dans la chambre des invités.

Je lui fais signe que non de la tête.

– J'ai dû oublier de le faire. Lydienne...Blaise, le fils de tantie Jeannette. Blaiso…Lydienne, la fille de Pa'a Sam. Ne te fie pas à son air effrayé, c'est une vraie lionne de Mbouroukou que tu as en face de toi.

– Je n'en doute pas une seconde, Pa'a Soumelong. C'est le genre de choses que je détecte facilement d'un regard. Il y a des réactions qui ne mentent pas.

Le repas du midi s'est déroulé dans une ambiance bonne franquette empreinte de chaleur et de convivialité. Je me suis laissé emporter par la douce nostalgie des retrouvailles en famille, entretenue par des souvenirs d'enfance et entrecoupée de fous rires. Je ne sais plus trop de quoi je me suis le plus régalée – des histoires du bercail racontées avec vivacité par Pa'a Soumelong, des blagues spontanées de Blaise ou des plats du terroir cuisinés par tantie Jeannette? Un pur bonheur, un festin. À quand remonte la dernière fois que j'ai autant ri ? Je ne sais pas. Tout me paraît loin à cet instant : la pile de dossiers qui m'attendent au travail à mon retour de vacances, les factures qui s'accumulent sans cesse dans ma boîte aux lettres, le vide qui m'habite en permanence et qui résonne comme un écho dans mon deux-pièces de 45 mètres carrés, la canicule d'été, les odeurs d'œufs pourris dans le métro, le froid hivernal, les promesses d'amour d'Ibrahim auxquelles je me suis accrochée pour ne pas chavirer…

– Ma fille, n'écoute pas les sornettes de ton oncle, me chuchote tantie Jeannette en souriant. Je ne connais pas de vieillard qui se transforme en hibou la nuit devant le Commissariat Central de Nkong et je n'ai jamais vu de coq qui parle au marché de Melong. Et Dieu seul sait que j'ai vécu toute ma vie entre Nkong et Melong. Soumelong, lance-t-elle d'une voix forte en me faisant un clin d'œil, explique-nous plutôt pourquoi je n'ai jamais vu ce vieillard ni ce coq dont tu parles. Il faut être soi-même sorcier pour en reconnaître un autre, n'est-ce pas?

Pa'a Soumelong pousse un soupir de satisfaction après avoir pris une gorgée de vin de palme, puis il se racle la gorge bruyamment. Je trouve qu'il porte gracieusement son âge, pour un homme qui a vu le jour pendant la transition entre la période du mandat et celle de la tutelle, au crépuscule de la deuxième guerre mondiale. Il fait partie des générations pionnières qui ont établi la réputation d'excellence du Collège Libermann au matin des indépendances, « les premiers bacheliers en série Philosophie formés par les pères Jésuites », comme il nous le rappelle souvent avec fierté. Jeune, il se destinait à une carrière sacerdotale, mais la vie en a décidé autrement. Les joues dodues et le visage rond, on lui donnerait facilement 55 ans, tout au plus 60. Lorsqu'il tourne la tête vers tantie, qui est en train de découper du koki de haricots en tranches, j'aperçois une lueur espiègle dans ses yeux pétillants de gaieté.

– Jeannette, Jeannette, Jeannette, répète-t-il d'un ton faussement irrité en pointant l'index vers elle. *Mi no*[135]...Laisse-moi raconter à mes enfants les histoires de mon village et de mon pays. Est-ce moi qui ai inventé la sorcellerie? Elle existait bien avant mes histoires et elle existe encore de nos jours. La vraie sorcellerie est partout autour de nous. Je parle de celle que ces jeunes connaissent et qu'ils utilisent tous les jours : les téléphones qui chantent, les appareils qui volent dans le ciel, les montres qui parlent, les ardoises qui fonctionnent avec des piles, les tableaux qu'on branche, les voitures qui conduisent seules...Ils ne connaissent plus la sorcellerie d'ici, mais pratiquent pourtant celle d'ailleurs.

– Tu veux dire la sorcellerie utile? Tu veux parler de la modernité et de la technologie? demande tantie Jeannette d'une voix un peu railleuse. Il faut savoir avancer avec son époque, Soumelong. Le temps de la vieille sorcellerie, des marabouts, des animaux-totems et des *Mami Wata* est révolu.

---

[135] Formule d'ouverture du discours en langue mbo, pouvant être traduite par « Je dis ceci... » ou « Je dis que... ».

Cette fois-ci, Pa'a Soumelong lance à sa sœur un regard soutenu et profond, dans lequel je crois discerner de la tristesse ou de la déception.

– La vieille sorcellerie...C'est quoi la sorcellerie en réalité, Jeannette? Voilà que tu parles comme une étrangère, comme une personne qui n'a aucune racine. *Mbá*[136] Jeannette! Tu me déçois beaucoup. Les ancêtres nous ont laissé des secrets de la nature et des richesses spirituelles que certains méprisent aujourd'hui. Vous croyez en la médecine étrangère et pourtant, les plantes d'ici sont efficaces, gratuites et à la portée de tous. Il faut juste connaître les vertus de chaque plante. Vous acceptez la sorcellerie des peuples étrangers et vous dépensez une fortune pour acheter les nouvelles technologies qu'ils vous vendent, mais vous rejetez les secrets d'ici qui ne coûtent presque rien. Tu tétais peut-être encore le sein maternel pendant le maquis, avant l'indépendance, et tu n'as pas écouté comme moi les histoires du Père Nzekang, l'ancien patriarche de la famille, sur les maquisards. Ce que tu appelles aujourd'hui avec mépris la vieille sorcellerie a servi à protéger des vies. On raconte que les maquisards ont déjoué pendant longtemps les attaques des colons parce qu'ils étaient capables de disparaître et de se transformer en animaux. La nature est dotée de trésors et les hommes d'une richesse spirituelle que nos ancêtres valorisaient...

Tantie Jeannette secoue l'index en signe de désapprobation tandis que Pa'a Soumelong articule son apologie. Blaise me lance un regard amusé et je lui souris tout naturellement. Nous voilà témoins et spectateurs d'une joute verbale entre frère et sœur.

– Soumelong, je t'arrête tout de suite. Tu nous présentes le bon côté des choses, mais tu ne parles pas de la sorcellerie qui détruit des vies, celle qui freine le développement de

---

[136] Exclamation traduisant l'étonnement ou l'exaspération en langue mbo.

nos sociétés. Tu ne parles pas des marabouts qui reçoivent d'importantes sommes d'argent pour toutes sortes de mauvaises raisons : empêcher un collègue au bureau d'obtenir une promotion, jeter un sort à un homme marié pour qu'il se sépare de sa femme, nuire à une coépouse dans un foyer polygamique ou rendre un ennemi fou. Parlons-en également!

J'observe en silence tantie Jeannette, qui s'exprime avec passion sur le sujet.

– Mais la sorcellerie que tu défends a aussi un côté obscur, Jeannette. Toute chose a d'ailleurs un bon et un mauvais côté. C'est à nous d'en faire bon usage. Les avions sont utiles pour parcourir de longues distances et voyager d'un pays à un autre, mais des accidents aériens peuvent arriver. Et n'oublie pas qu'il existe des chasseurs-bombardiers...Aujourd'hui, les jeunes ont des téléphones qui chantent et des ardoises intelligentes dont ils se séparent difficilement. As-tu pensé à l'impact que ces appareils ont sur leur vie sociale?

Blaise émet un sifflement d'arbitre et fait le geste du temps mort en direction de chaque orateur.

– On prend une pause, s'il vous plaît. Personnellement maman, je ne me rassasie pas des histoires de mon oncle et j'ai le sentiment que Lydie est du même avis que moi.

Les grands yeux en amande de Blaise se posent rapidement sur les miens. Je ressens une gêne inexplicable que je préfère dissimuler dans la neutralité de mon silence. Je n'aime pas l'idée de devoir en quelque sorte prendre parti contre tantie Jeannette, même si je saisis parfaitement le ton diplomatique de Blaise.

– Pa'a Soumelong, poursuit Blaise, pendant que nous dégustons le délicieux koki de maman, j'aimerais que tu nous dises ce qui est arrivé au jeune chasseur du Mont Manengouba dont tu parlais tout à l'heure, celui qui a plongé dans le lac mâle à la recherche de la sirène qu'il a entendu chanter.

27 juillet, jour 11

Cantique des Cantiques 2

1 Je suis un narcisse de Saron, Un lis des vallées. -
2 Comme un lis au milieu des épines, Telle est mon amie
parmi les jeunes filles. -
3 Comme un pommier au milieu des arbres de la forêt,
Tel est mon bien-aimé parmi les jeunes hommes. J'ai désiré
m'asseoir à son ombre, Et son fruit est doux à mon palais.
4 Il m'a fait entrer dans la maison du vin ; Et la bannière
qu'il déploie sur moi, c'est l'amour.
5 Soutenez-moi avec des gâteaux de raisins, Fortifiez-
moi avec des pommes ; Car je suis malade d'amour.
6 Que sa main gauche soit sous ma tête, Et que sa droite
m'embrasse ! -
7 Je vous en conjure, filles de Jérusalem, Par les gazelles
et les biches des champs, Ne réveillez pas, ne réveillez pas
l'amour, Avant qu'elle le veuille. -
8 C'est la voix de mon bien-aimé ! Le voici, il vient,
Sautant sur les montagnes, Bondissant sur les collines.
9 Mon bien-aimé est semblable à la gazelle Ou au faon
des biches. Le voici, il est derrière notre mur, Il regarde par
la fenêtre, Il regarde par le treillis.
10 Mon bien-aimé parle et me dit : Lève-toi, mon amie,
ma belle, et viens !
11 Car voici, l'hiver est passé ; La pluie a cessé, elle s'en
est allée.
12 Les fleurs paraissent sur la terre, Le temps de chanter
est arrivé, Et la voix de la tourterelle se fait entendre dans
nos campagnes.

14 Ma colombe, qui te tiens dans les fentes du rocher, Qui te caches dans les parois escarpées, Fais-moi voir ta figure, Fais-moi entendre ta voix ; Car ta voix est douce, et ta figure est agréable.

15 Prenez-nous les renards, Les petits renards qui ravagent les vignes ; Car nos vignes sont en fleur.

16 Mon bien-aimé est à moi, et je suis à lui ; Il fait paître son troupeau parmi les lis.

17 Avant que le jour se rafraîchisse, Et que les ombres fuient, Reviens !... Sois semblable, mon bien-aimé, A la gazelle ou au faon des biches, Sur les montagnes qui nous séparent.

28 juillet, jour 12

Ma rencontre avec Blaise n'est pas le fruit du hasard, mais d'un plan d'action élaboré par les membres de nos deux familles. J'en ai eu la conviction il y a quelques heures, quand j'ai aperçu tantie Jeannette nous observer depuis le balcon de l'appartement de Pa'a Soumelong, alors que nous allions faire une marche dans les environs. Qui de mon père, de Pa'a Soumelong ou de tantie Jeannette a eu cette idée? Je ne le saurai probablement jamais. Je sais juste que c'est un énorme paquet de muscles pesant plus de 80 kilos et mesurant 1 mètres 85 environ que mon oncle m'a invité à venir chercher chez lui. Je dois dire que j'aime la présence rassurante de cet homme qui comprend mes silences et qui faisait déjà partie de ma vie avant même que je ne le connaisse. Nous sommes comme frère et sœur après tout, même si nous n'avons jamais eu l'occasion de nous rencontrer auparavant. C'est un don du ciel que de partager tant de choses avec quelqu'un. Blaise aime la littérature, la bonne cuisine, la nature et il s'intéresse beaucoup à la politique des états africains. J'ai cru comprendre, en l'écoutant me parler de son quotidien, qu'il travaille pour un organisme sociocommunautaire à Montréal. C'est étrange, mais nous n'éprouvons pas le besoin de faire plus ample connaissance de manière formelle. « Que fais-tu dans la vie? Quel âge as-tu? Quelles sont tes passions? ». Nous comblons juste les trous de nos conversations et les vides de nos silences. Il cherche mon regard quand je me tais, j'écoute les inflexions de son cœur quand il parle. Il y a une chose qu'il désire plus que tout faire avant de repartir, un endroit qu'il souhaiterait me faire visiter. Il y est allé deux fois quand il était adolescent, d'abord avec ses amis, puis accompagné d'un guide. Il veut me faire découvrir les hauteurs du Mont Manengouba, la forêt luxuriante qui les recouvre mais surtout, les lacs mâle et femelle qui ont inspiré les plus beaux contes de son enfance.

1er août, jour 16

J'ai repensé à Ibrahim hier. Le voir et lui parler m'ont aidé à tourner cette page de ma vie. J'ai longtemps vécu dans le passé, mais comme le dit un adage répandu ici, « l'avenir, c'est devant ». Je ne veux plus m'enfermer dans les murs de la nostalgie. Mes racines sont ancrées ici, dans cette terre féconde qui a nourri mes premiers rêves, mais il me faut partir et vivre là-bas. Je comprends mieux la métaphore de l'arbre que mon père me répétait toute petite, quand nous passions près du Grand Baobab de Bonambappe, du côté de l'Ancienne Route à Bonabéri : les racines enfouies dans le sol, le sommet qui pointe vers le ciel et les branches qui poussent dans toutes les directions. Dans mes vieux jours, je reviendrai sans doute m'installer ici. Oui, c'est ici que j'aimerais reposer après mon dernier souffle, comme ma mère morte en couches, comme les indépendantistes qui ont lutté pour ce pays, comme les fils prodigues en exil dont on rapatrie les corps dans cette contrée-mère, comme le chasseur du conte merveilleux englouti à jamais par les eaux du Manengouba, comme le grain de blé tombé en terre qui portera un jour du fruit. Demain, Blaise et moi partons de bonne heure pour Nkongsamba. Direction le Mont Manengouba, après une escale à Mbouroukou.

Aux héritiers de l'entre-deux.

CRIS DE LIONNES

Sa majesté, sa prestance et sa force suscitent la fascination de l'homme depuis des millénaires. Son rugissement est le plus terrifiant des cris de tous les animaux sauvages, pouvant être entendu à des kilomètres de distance. C'est un animal social qui rugit dans diverses situations : pour effrayer des prédateurs qui essaieraient de s'en prendre à son groupe, pour menacer ses rivaux pendant un combat, pour marquer son territoire, pour appeler les membres de son groupe, pour les avertir d'un potentiel danger ou pour consolider le lien familial avec eux. Souvent, son rugissement s'apparente à un grondement, à un grognement ou même à un soupir. L'éducation de sa progéniture est laissée à la charge des femelles. Ce sont elles, les lionnes, qui mènent habituellement la chasse, qui prennent soin des petits et qui les protègent aussi des mâles infanticides.

Née dans les années 1990, quelque part à Ngwele[137], aux confins de Bonabéri, quand les replis de Sodiko[138] n'étaient que brousse et marécages, Kwedi Ebonguè Christelle, de son petit nom Kiki, avait rêvé d'une vie meilleure depuis sa tendre enfance, comme beaucoup de jeunes du 237[139] d'ailleurs. La tête enfouie dans de vieux numéros de *Femme Actuelle,* de *Voici* et de *Nous Deux*, elle avait passé de longues heures à rêvasser de tous les lieux exotiques qu'elle voyait défiler en images, allongée sur un petit matelas en mousse rongé par les souris, dans une chambre infestée de moisissure qu'elle partageait avec ses frères et sœurs. C'est dans ce cadre étroit que ses premiers rêves avaient pris

---

137 Quartier dans la grande banlieue de Bonabéri.

138 Petit quartier compris à l'intérieur du quartier Ngwele.

139 Le Cameroun, en référence à l'indicatif téléphonique du pays (*camfranglais*).

forme, entre quatre murs flanqués de vieilles persiennes donnant sur un marécage qui servait occasionnellement de soulage-vessie ou de vide-cul aux clients de Ma'a Yako. Ma'a Yako? Sa mère, Ndongo Mpondo Jacqueline de son vrai nom, mais Maman Yako ou Ma'a Yako pour les intimes. Une mère affectueuse et dévouée à sa famille, une femme battante qui avait commis dans l'ardeur de ses 20 ans une regrettable folie, celle d'épouser un homme irresponsable qui ne fut pour sa progéniture qu'un géniteur symbolique.

Ma'a Yako avait dû élever ses six enfants toute seule, les nourrir, financer leurs études, les entourer de protection et de réconfort, leur inculquer des bases solides pour l'avenir. Elle avait été pour eux un père, une mère et une amie, en plus d'être une épouse pour un mari frivole qui apparaissait et disparaissait dans leur vie comme un fantôme. Frêle et effacée dans sa jeunesse, elle avait développé sous le poids des responsabilités une présence bienveillante et un regard intrépide de lionne capable d'affronter les nombreux obstacles de la vie sans courber la tête. « La vie est un combat », affirmait-elle d'une voix vibrante à tous ceux qui voulaient baisser les bras ou se sentaient découragés par une situation difficile. « Elle a des dents de chien et elle mord. Soit tu la saisis par le cou et tu luttes avec, soit tu la laisses te déplumer comme un coq de poulailler et te dévorer cru ». Les circonstances de la vie n'avaient pas laissé à Ma'a Yako d'autre choix que celui de riposter aux coups durs qu'elle avait connus. Il y avait eu, entre autres, le mépris d'un homme qui avait délaissé sa famille et qu'on voyait souvent sortir ivre tôt le matin de la maison d'une voisine célibataire, le drame qui avait laissé à cette femme battante une hanche boiteuse l'année même où elle avait perdu sa mère, le décès de son fils Freddy des suites d'une complication aiguë de la drépanocytose à l'âge de 14 ans et la disparition inexpliquée de Joly, sa fille aînée, qui était partie chercher fortune dans un pays du Golfe et qui n'avait plus jamais donné signe de vie à la famille depuis son départ. Joly, la plus attentionnée de ses filles, celle qui lui massait les pieds après une longue journée de travail, celle qui l'aidait à apprêter la pâte des beignets à vendre en matinée et les condiments d'assaisonnement du poisson braisé pour ses clients en soirée, Joly n'avait pas tenu sa promesse de revenir la voir dès que possible. *Joly, où es-tu, mon enfant? A múna'am, o'e we?*[140] *Reviens s'il te plaît, Joly. Sôn sôn ē, timba mbusa*[141]. *Voici ta mère qui te pleure alors que tu avais promis de revenir prendre soin d'elle.*

Jamais Ma'a Yako n'avait retrouvé le sourire et la fraîcheur qu'on lui voyait sur la photo de jeunesse posée sur une petite table de chevet dans sa chambre, à côté d'un vieux recueil de cantiques en langue *duala*. Chaque fois qu'Erna, la benjamine de la famille, avait posé le regard sur cette photo de Ma'a Yako, elle avait eu l'impression d'observer une parfaite inconnue, une jeune fille insouciante qui ne ressemblait que vaguement à sa mère. *Maman, si je pouvais essuyer tes larmes et te redonner le sourire éclatant que tu as sur cette photo. Nyango'am*[142], *tes souffrances me brisent le cœur. Je sais que tu pleures Joly tous les jours en silence. Je la pleure aussi, nous la pleurons tous, envahis par la tristesse, la colère, l'incompréhension, l'impuissance.* Pour la jeune Erna, qui était hantée par les souvenirs des nombreux drames survenus dans son enfance, la principale cause de tous leurs malheurs était son père, Ekwalla Ebonguè Jean-Jacques, l'homme qui les avait abandonnés et humiliés. Cet homme représentait à lui seul une race cruelle et misogyne qu'elle aurait voulu éradiquer complètement de la terre, une race qu'elle haïssait de toute la haine dont une femme meurtrie

---

140 La traduction française précède la phrase en *duala*.
141 Ibid.
142 Ma maman ou maman en *duala*.

est capable – la race des phallocrates. Ce qui la révoltait au plus haut point, c'était que la continuité et la suprématie de cette race était assurée aussi bien par des hommes que par des femmes. Les femmes… Erna se souvenait encore du ton accusateur de Ma'a Dina, sa grand-mère paternelle, le jour où sa bru lui avait raconté ses déboires conjugaux. Les yeux embués de larmes et la voix cassée à force de pleurer, Ma'a Yako avait relaté à Ma'a Dina un incident de violence conjugale qui était survenu la semaine précédente, pendant qu'elle était en train de faire le ménage dans sa chambre. Son mari était rentré d'une de ses multiples escapades, saoul comme à son habitude. Il avait commencé à accuser sa femme d'avoir volé un billet neuf de 10.000 francs CFA, qu'il avait soi-disant laissé dans la poche avant d'une de ses chemises. Puis, la version de l'histoire avait changé et il avait alors parlé de la poche d'un vieux pantalon kaki qu'il ne retrouvait plus. Dès lors qu'il s'était mis à briser des objets au salon, Ma'a Yako avait senti le vent d'une dispute dans l'air, qui dégageait déjà une forte odeur de cigarette et d'alcool. Pour apaiser la colère de son mari et lui montrer sa bonne foi, elle avait aussitôt abandonné son balai pour l'aider à fouiller dans les poches de tous ses vêtements. Mais son geste n'avait pas suffi à le calmer. Il s'était mis à lui cracher toutes les insultes qui lui passaient par la tête, en présence de leurs enfants:

– *Bordelle*![143] Tu n'es qu'une sale pute ! Une vieille *maboya*[144]. Tu as pris mon argent pour le donner à tes clients, n'est-ce pas? Tu ne vaux rien, tu m'entends, rien! Une rien de chez les *rientons*[145], voilà ce que tu es, Yako. *Ombo'a te mo*[146]…Affreuse comme le derrière d'une

[143] Prostituée en camfranglais.

[144] Ibid. Mot emprunté aux langues Beti.

[145] En camfranglais, personne insignifiante ou sans valeur.

[146] Regarde-la, pour ainsi dire, « tu t'es bien regardée ? »

marmite noircie par le charbon de bois. Sorcière! Ne nde kwala na e[147]... Tu n'es qu'une sorcière! Mut'ewusu![148]

La première gifle était partie comme une fusée et elle avait senti une vive douleur qui s'irradiait vers sa mâchoire. Puis la deuxième gifle avait suivi, la troisième, la quatrième, la énième. Sensation de trou noir. Elle s'était réveillée à l'hôpital de district de Bonassama, le visage tuméfié et la mâchoire endolorie. Des infirmières acariâtres, qui aboyaient à longueur de journée après les patients, lui avaient donné du paracétamol et avaient pansé ses plaies. Elle avait passé trois jours sous perfusion dans un lit d'hôpital inconfortable, trois jours durant lesquels elle avait eu du mal à se nourrir.

– Mais qu'est-ce que tu as bien pu lui faire pour qu'il te traite ainsi, Jackie? Peut-être que si tu l'avais écouté quand il t'avait interdit de vendre des beignets et du poisson braisé, on n'en serait pas là. Je vais lui parler, mais tâche d'être plus docile et soumise à ton mari. Vous les jeunes d'aujourd'hui, vous ne savez plus aimer et supporter en silence. Tu n'es ni la première ni la dernière à qui ce genre de choses arrive, ma fille. Crois-tu que je serais encore mariée aujourd'hui à ton beau-père si j'étais partie dès les premières disputes? Oh! J'en ai reçu, des coups et des injures. Tu vois cette cicatrice derrière ma cuisse?

Ma'a Dina avait soulevé son long *kaba* tissu pagne orange, dévoilant une trace blanche profonde et disgracieuse sur sa peau claire.

– Crois-tu que je me la suis faite moi-même ? Je ne suis pas partie pour autant. Je lui ai pardonné et j'ai tourné la page. Il n'est pas parfait et personne sur cette terre ne l'est d'ailleurs. Pense à tes enfants, ma fille, ne sois pas égoïste. Protège ton foyer et ton mari. Où iras-tu de toutes les

---

[147] Formule d'ouverture du discours en langue duala, pouvant être traduite par « Je dis ceci… » ou « Je dis que… ».

[148] Femme sorcière en duala.

façons? Tu sais très bien que tu ne pourras jamais refaire ta vie et être heureuse après un divorce et six enfants. Et ce n'est pas mon amie Jojo Ebenye, ta mère que je connais bien, qui t'acceptera chez elle après la honte que tu auras apportée à ta famille. Réfléchis bien, Jackie. *Dibie nde di malonge ndabo*. Ce n'est pas moi qui l'ai dit. Lis toi-même le Proverbes 24 : 3.

Erna était très jeune à l'époque où elle avait vu sa grand-mère paternelle faire ce sermon à sa mère. Bien des années plus tard, elle y avait repensé à tête froide et s'était vidé le cœur dans son journal intime, un Cahier Afrique rouge de 288 pages à l'intérieur duquel elle pouvait exprimer toutes les choses qu'il ne lui était pas permis de dire librement. Elle y avait inscrit tout ce qu'elle aurait pu répondre à Ma'a Dina ce jour-là.

Chère Ma'a Dina, chère grand-mère, oui tu es restée en pensant à tes enfants. N'empêche…Ton fils est devenu un voyou qui a reproduit avec sa femme les mêmes erreurs que son père. Je t'entends encore dire que nous les jeunes, nous ne savons plus aimer et supporter en silence. Aimer et supporter en silence les coups et les injures : quel contraste! Si l'amour est coups, injures et mutisme, alors dis-moi ce qu'est la haine? L'égoïsme, Ma'a Dina, c'est justement de banaliser la souffrance de cette femme qui se meurt à petit feu dans son foyer et de lui faire valoir le regard pesant de la société sur elle. Au diable les attentes et les jugements de travers de la société ! Au diable les excès de la phallocratie, du patriarcat et de tous les systèmes d'oppression qui existent dans ce monde ! Faut-il, par devoir d'obéissance à un mari irresponsable, qu'une épouse s'abstienne de travailler pour gagner sa vie, au risque de voir sa progéniture mourir de faim? Chère Ma'a Dina…Je préfère m'enfuir de prison sans trop savoir où j'irai, plutôt que de rester souffrir dans une prison où je ne veux pas être... Bonam na moto nu soi dibie, na nu pe nu kusi sontane! Proverbes 3 : 13.

La souffrance, Ma'a Yako et ses enfants l'avait conjuguée à tous les temps du passé, jusqu'à ce que Kiki croise le chemin du richissime Jean-Claude Olinga Ndzana, propriétaire du restaurant-cabaret *Le bourgeois* à Bonapriso et patron d'un puissant groupe de presse implanté dans le quartier de Nsam à Yaoundé. Originaire de la région du Centre, J-C faisait partie du cercle très fermé des hommes les plus influents de la capitale politique, les *grands* de la république dont on dit couramment que lorsqu'ils éternuent, le pays entier est enrhumé. Avant leur première rencontre, qui avait eu lieu à une conférence d'affaires à l'hôtel Akwa Palace, J-C n'était pour Kiki qu'un personnage public qu'elle apercevait régulièrement derrière son écran de télévision et dont le visage lui était devenu familier par l'action des médias. Il n'était pas rare de le voir participer à une émission de la CRTV en tant qu'invité spécial, de l'entendre débattre sur les ondes de la radio nationale ou de tomber sur sa photo dans la presse écrite. La jeune femme se le représentait d'ailleurs comme un symbole de la classe privilégiée, un nom influent qu'elle entendait répéter dans les lieux publics, les taxis, les ragots. Et puis un beau jour, un 8 mars précisément, ils s'étaient rencontrés : heureux hasard ou signe du destin? Qu'importe.

Le destin ou le hasard s'était manifesté à Kiki par l'entremise de Ma'a Bebey, l'une des grandes cousines de Ma'a Yako. Réputée pour ses talents culinaires, Ma'a Bebey avait été sollicitée comme service traiteur pour l'évènement auquel participait J-C. Pour s'alléger la tâche, la traiteuse avait commandé une vingtaine de carpes braisées et des paquets de miondo auprès de Ma'a Yako. Cette dernière avait alors prié Kiki d'aller livrer la commande directement à Akwa Palace et quand la jeune fille était arrivée sur les lieux, dans sa jupe patineuse en tissu wax et ses talons aiguilles assortis qui mettait en valeur ses longues jambes galbées, elle avait tapé dans l'œil de J-C. Il avait envoyé son *tchinda*[149], un jeune homme de petite taille à l'allure gavroche qui marchait à pas feutrés, glisser discrètement une carte de visite et trois billets de 10.000 francs CFA dans les mains de Kiki.

– Pour votre transport, madame. Le *grand patron* m'envoie vous dire que vous avez ravi son cœur et qu'il vous attendra ce soir à 20 heures, au cabaret *Le Bourgeois*. Il m'a chargé de vous demander votre prénom et votre numéro de téléphone, s'il vous plaît. Mon nom est Diamant et je suis à votre service.

– Non merci, avait répondu Kiki poliment. Je ne suis pas une prostituée. Remettez-lui son argent et sa carte, s'il vous plaît. Je suis étudiante à l'Université de Douala et je gagne honnêtement ma vie en faisant de petits boulots…Merci quand-même pour la sollicitude.

Elle avait ensuite tourné le dos au commissionnaire du pseudo *grand patron* pour aider l'équipe traiteur de Ma'a Bebey à installer des plateaux de service et des bouquets de fleurs sur les tables. Quelques minutes plus tard, un homme de haute stature avec un collier de barbe grisonnante s'était approché d'elle, l'air mi-irrité mi-amusé. Il portait un élégant costume bleu avec des manchettes en or et un nœud papillon rouge qui rehaussait admirablement son teint noir éclatant. Il avait retiré son cigare de sa bouche et l'avait regardée droit dans les yeux, avec une assurance bouleversante qui n'admettait visiblement pas de refus.

– Les femmes dignes et belles, il n'y en a plus beaucoup à Douala de nos jours. J-C Olinga Ndzana lui-même, en personne. Et vous ?

La suite de l'histoire est connue. Comme le dit un proverbe africain, le vieil éléphant sait où trouver de l'eau.

---

[149] Fidèle serviteur, homme de main ou bouc émissaire selon le contexte (camf.).

Kiki s'était retrouvée au cabaret *Le Bourgeois* le même soir, dans une salle privée, en compagnie de J-C. Il lui avait joué la carte classique du dîner romantique : lumière tamisée, bougies parfumées, air climatisé, grillades, fritures, champagne et musique en arrière-fond. Une foule de sensations plus ou moins étranges s'étaient bousculées en elle : papillons dans le ventre, montée d'adrénaline, cœur qui bat la chamade, sentiment de pouvoir, peur du danger et soif de l'interdit. Kiki s'était délectée des sélections musicales du D-J, qui avait servi au public un cocktail de tubes enflammés en modes remix et mash-up. Il y en avait pour presque tous les goûts et tous les âges : Sawa Romance de Locko, Jonathan de DJ Arafat, Mister Loverman de Shabba Ranks, Le diable ne s'habille plus en prada de Soprano, Eyayé du groupe ESA, Maria de Petit-Pays, Despacito de Luis Fonsi et Daddy Yankee, Gangsta's Paradise de Coolio, C'est bon pour le moral de La Compagnie Créole, Love on the brain de Rihanna, Le mari d'autrui de Sergeo et N'johreur, Pala Pala de Mani Bella, Hello d'Adele, Naza Cot'Oyo de Fally Ipupa, Sous le Vent de Garou et Céline Dion, Do for love de Tupac, Hein Père de Stanley Enow, Let's get it on de Marvin Gaye, Seka Seka de DJ Mareshal, L'été indien de Joe Dassin, Irreplaceable de Beyoncé, Aye de Davido et bien d'autres qui s'étaient imposés à travers les années. Après s'être informé des goûts musicaux de la jeune fille, J-C avait envoyé, en l'honneur de sa « belle invitée », une commande spéciale au D-J. Kiki avait écouté avec extase les lignes de basse et la voix mélodieuse de Richard Bona, son chanteur préféré. Elle s'était aussi laissé bercer par la suavité des cordes vocales de Charlotte Dipanda, accompagnées des notes de guitare de Jeannot Hens. La jeune fille avait essayé, oui elle avait essayé de résister à l'attraction qu'elle ressentait pour J-C le premier soir, mais la prévenance du charmant quinquagénaire avait eu raison d'elle le deuxième soir. Elle avait alors abandonné toute résistance et s'était donnée à lui corps et âme. Dans la suite Senior d'Akwa Palace où l'homme d'affaires passait son séjour à Douala, ils s'étaient enivrés l'un de l'autre, au mépris de la décence et du tabou, animés d'une passion têtue que rien ni personne ne semblait pouvoir éteindre. Tout était allé très vite ensuite : il avait remis à Kiki quelques jours plus tard une enveloppe de 250.000 francs CFA pour renouveler sa garde-robe et une enveloppe de 150.000 francs CFA pour les besoins de sa famille; il lui avait obtenu par le biais d'un de ses contacts un poste d'hôtesse au sol dans une compagnie aérienne desservant l'aéroport de Douala; il lui avait offert un téléphone intelligent plus perfectionné que celui qu'elle possédait et il lui avait proposé de l'accompagner à un voyage d'affaires à Libreville le mois suivant.

– J'aimerais t'introduire dans mon monde et te faire découvrir de nouvelles choses, ma Kiki Chocolat.

J-C avait prononcé ces paroles un soir d'une voix impérieuse, en collant ses lèvres charnues derrière l'oreille de Kiki. Elle s'était retournée pour lui faire face et avait ressenti un frisson en apercevant une lueur étrange s'allumer dans ses yeux, un éclat sombre et farouche qui nimbait son regard résolu. Elle avait instinctivement fait un pas en arrière dans un élan de protection.

– Tu ne me demandes pas quoi?

– Non, avait-elle répondu.

– Pourquoi?

– Je ne sais pas, avait murmuré Kiki.

– Tu sais…

– Pourquoi t'enfermes-tu toujours dans la salle de bains tard dans la nuit avec ta mallette …et chaque fois à la même heure ? Trois heures du matin.

– Est-ce que tu entends des choses?

– Des bruits bizarres. Souvent, j'ai peur…

– Tu ne devrais pas. Nous sommes un maintenant.

– Et pourtant tu es marié. Ne me parle pas comme à une idiote, J-C. Je t'ai vu avec ton épouse à une cérémonie à la télé. J'avais déjà vu sa photo en fond d'écran sur ton iPhone. Elle est belle et a l'air dévouée, mais tu la trompes quand-même…

– Nous n'avons pas d'enfants, Kiki.

– C'est tout ce que tu trouves à dire, J-C? Tu m'as caché que tu es marié depuis le début de notre relation et tout ce que tu trouves à me répondre, c'est que vous n'avez pas d'enfants. Je suis donc la mère pondeuse que tu as trouvée pour fonder une famille, hein?

– Non, je ne veux pas faire de toi une mère pondeuse, Kiki. J'ai déjà neuf enfants dont ma femme et moi prenons soin. Tu dois te douter qu'un grand gaillard de cinquante-six ans trempé dans la politique depuis des décennies comme moi a grand besoin d'une présence rassurante à ses côtés. Ma femme a sacrifié beaucoup de choses pour moi et elle m'a aidé à me construire. Mais je ne suis pas un homme comblé malgré tous ses efforts. À vrai dire, c'est un peu compliqué à t'expliquer, Kiki. Disons que dans la vie, il y a ce qu'on veut et il y a ce qui nous arrive. Tu es ce que je veux, elle est ce que l'univers m'a donné.

– L'univers? Tu dis toujours l'univers et jamais Dieu. Est-ce que tu crois en Dieu?

– Je suis de la race des incrédules comme Thomas. Il me faut voir pour croire. Je crois en d'autres choses, Kiki.

– Moi je crois en Dieu, J-C. Même si je ne suis pas en odeur de sainteté avec Dieu, je crois en Lui.

J-C lui lança un regard dubitatif.

– Tu crois en Dieu et pourtant, tu vis dans le péché avec moi. Tu pratiques la fornication en toute connaissance de cause avec un homme adultère qui a l'âge d'être ton père et tu me parles avec assurance de Dieu? Tu sais très bien que nous n'avons pas les mêmes convictions religieuses, mais tu acceptes quand-même de trahir les tiennes au nom de quoi… l'amour ou l'argent, Kiki ?

– Je ne te permets pas de me juger, J-C. Pour me juger, il te faut vivre ma vie et mes expériences, il te faut connaître mes peines et mes souffrances. Après seulement, quand tu auras porté mon fardeau, tu pourras me juger. Moi je n'ai jamais jugé tes croyances : les cauris dans ta voiture, les huiles au parfum d'encens que tu te mets sur le corps avant de dormir, les fétiches dans ta mallette, les bruits bizarres dans la salle de bains où tu t'enfermes toutes les nuits à trois heures …Tu croyais peut-être que je n'avais rien remarqué de toutes ces pratiques?

– Je n'appellerais pas ça des pratiques, Kiki. Je dirais plutôt que je me protège du mauvais œil et des attaques de mes ennemis. J'ai tellement d'ennemis que le diable lui-même peut prendre des vacances en ce qui me concerne et être confiant que la relève est assurée. Sais-tu combien de fois mes détracteurs ont tenté de m'éliminer ? Ils ont tout essayé : la sorcellerie, le poison, les commandos à mon domicile, les putes de luxe pour me piéger…tout. Je reçois des menaces de mort anonymes au quotidien. Une fois, j'ai trouvé un coq mort avec les yeux crevés sur ma table de bureau à Nsam. Une autre fois, un commando de huit hommes armés a tenté de pénétrer dans mon domicile à Odza. Sans l'intervention de mon ami le général Pierre Meka que j'ai appelé à 1h du matin pour l'informer de la situation, on parlerait désormais de moi au passé. C'est lui qui a dépêché une dizaine d'éléments de la gendarmerie nationale pour prêter main forte à mes agents de sécurité. Tu ne sais pas ce que ça prend d'arriver au sommet dans ce pays pourri. Tu ne sais pas…J'envie ton innocence, Kiki. Tu es la petite lumière de ma vie qui brille dans l'obscurité et je ne veux pas te perdre. Moi, j'ai perdu mon âme depuis très longtemps.

J-C avait pris la main de Kiki en parlant et il l'avait serrée avec tellement de force qu'elle en avait ressenti une vive douleur aux articulations.

– Je t'aime, Kiki. Ça peut paraître fou, mais je t'aime beaucoup et je te veux à moi seul. Je sais que tu vois quelqu'un de temps en temps, un jeune fanfaron qui étudie à l'Université de Buea et qui vient un week-end sur deux pour passer la nuit avec toi dans ta chambre à la cité-U[150]. Est-ce que tu l'aimes?

Kiki avait sursauté, interloquée. Une minute de silence s'était écoulée après la question de J-C, lourde et interminable. De la surprise, elle était passée à la colère de se voir traitée comme une enfant qui doive rendre compte de ses actions à un adulte. Après tout, elle était libre de mener la vie qu'elle voulait, d'autant plus que J-C était marié et leur relation n'avait manifestement aucun avenir.

– Depuis quand tu m'espionnes? questionna-t-elle d'une voix irritée. Est-ce que je joue à la police avec toi quand tu es auprès de ta femme ?

– Ne mêle pas ma femme à tout ça et n'essaie surtout pas d'éviter ma question, jeune fille. Je vois clair dans ton jeu. J'ai des yeux et des oreilles partout dans la ville, je dis bien partout! Donc comme ça, je te trouve du travail, je t'aide à prendre soin de ta famille, je t'aide à payer le loyer de ta chambre d'étudiante sur une période d'un an avec caution et pour me remercier, moi J-C Olinga Ndzana, fils de Paul-Barthélemy Onguene Ndzana et de Bertine Pulchérie Tsimi Olinga, tu te trouves un bon gars qui se joue les pompiers[151] pour toi quand je suis à Yaoundé, n'est-ce pas? Et en plus

[150] Cité universitaire.

[151] (Camf.). Amant; homme utilisé comme un service de secours, qui sort avec une femme dont l'amoureux vit loin. En l'absence de l'amoureux, il comble le vide que ressent la femme et calme ses ardeurs amoureuses.

un vaurien qui n'est même pas fichu de prendre soin de toi, sale pute.

J-C avait assené à la jeune fille une violente claque sur la joue et il lui avait craché au visage. Prise au dépourvu, elle avait laissé échapper un cri strident où se mêlaient la consternation et la douleur. Puis au bord des larmes, elle s'était couvert la face des deux mains pour se protéger de son assaillant. C'était la première fois qu'il se montrait violent à son égard et elle avait le sentiment que ce ne serait pas la dernière. En fait, la jeune fille l'ignorait encore, mais cet accès de fureur annonçait le début d'une lente descente aux enfers qui allait ébranler tout son être.

– Je te croyais vertueuse, mais en fait, tu caches bien ton jeu, Kiki. Tu es donc comme toutes ces *vendeuses de piment*[152] qui se donnent au plus offrant, hein? Salope!

Effrayée à l'idée de recevoir une autre gifle, Kiki s'efforça de lui répondre d'une voix douce.

– Je ne suis pas une vendeuse de piment, J-C. J'étais vierge quand tu m'as connue et tu le sais bien. Je suis juste réaliste. Tu sais pertinemment que cette relation ne nous mènera à rien. Tu es un homme marié et bien que tu n'aies pas d'enfant avec ta femme, tu en as plusieurs avec tes *djombas* éparpillées dans toutes les villes du Cameroun. Pourquoi tu veux gâcher ma jeunesse, J-C? Je n'ai jamais couché avec Yann, je te le jure sur la tombe de mes ancêtres. Jamais. Il m'aime et il veut rencontrer mes parents, mais je voulais t'en parler avant.

J-C éclata d'un rire sarcastique.

– Rencontrer tes parents pour quoi faire? Maintenant que je t'ai rendue propre et respectable, monsieur t'aime et il veut rencontrer tes parents. Où était-il quand tu cherchais du travail et que tu cumulais des petits jobs de merde à gauche et à droite pour aider ta famille ? Où était-il quand vous creviez dans la misère et que ta pauvre mère qui boîte

---

152 *Voir 71.*

du pied depuis des années ne pouvait même pas s'offrir un suivi à l'hôpital? Où était ce Yann machin-truc dont tu oses me parler aujourd'hui quand tu vendais autrefois du poisson braisé avec Ma'a Yako dans les bas-fonds de Ngwele? Espèce d'ingrate! Je laboure une terre, j'y plante moi-même un arbre et avant que je ne le secoue pour en ramasser les fruits mûrs, un nigaud se précipite pour faire la récolte à ma place! Écoute-moi bien, jeunette...On ne se fout pas de ma gueule! On ne se paie pas la tête du fils d'Onguene Ndzana, OK?

J-C avait posé sur elle un regard courroucé qui n'augurait rien de bon.

– Tu as intérêt à bien te tenir désormais si tu ne veux pas que je balance sur les réseaux sociaux toutes les photos que je t'ai prise nue. Je te donne exactement un mois pour tout arrêter avec ce connard. Trente jours nets, pas un jour de plus ni de moins. Et dès demain, je t'emmène avec moi quelque part. On verra bien si tu oseras encore laisser ce vaurien traîner dans ta chambre d'étudiante après la surprise que je te réserve. Maintenant, déshabille-toi, je veux faire l'amour avec toi.

Sur ces mots, il avait empoigné avec force le tissage brésilien de sa compagne et l'avait contrainte à se mettre à genoux devant lui.

Ils étaient arrivés dans la cour de leur hôte à une heure tardive où le chant de la sauterelle et la voix du noctambule profanent le silence paisible de la nuit. Diamant était aussitôt descendu frapper à la porte pour annoncer leur arrivée. Massa Yo, un natif de Bamenda qui travaillait comme chauffeur du *grand patron* depuis près de 15 ans, avait garé en toute discrétion la BMW noire derrière la petite maison en dur du Vieux Mbock, à proximité de l'église évangélique de la Cité des Palmiers au quartier Bassa. Une petite femme très âgée qui avoisinait sans doute les cent ans leur avait ouvert la porte avec un grand sourire, découvrant une mâchoire édentée aux gencives noircies. Elle souffrait d'une courbure prononcée du dos qui la faisait presque paraître bossue. Elle tenait dans sa main une lampe-tempête allumée qui dégageait une odeur de pétrole. Sans un mot, elle traversa le salon sombre paré de meubles encombrants et de statuettes en bois. Elle marcha le long d'un couloir exigu tapissé de peaux de panthère. Le quatuor la suivit en silence. Ils entrèrent tous dans une petite salle bien éclairée, où les attendait un homme de stature gigantesque assis sur un fauteuil en bois sculpté doté d'accoudoirs en forme de têtes de panthère. Torse nu, il portait un pagne marron noué autour de sa taille, un chapeau traditionnel jaune serti de cauris et un collier de perles africaines noires sur le cou. Il secoua son chasse-mouches en signe d'accueil. La vieille femme, qui était sans doute une parente de leur hôte, offrit à chacun des quatre convives un breuvage couleur noire servi dans de petites calebasses. Les trois hommes avalèrent le liquide d'un coup, mais Kiki resta un moment à contempler le contenu de sa calebasse avec dégoût. Le regard menaçant de J-C la rappela à l'ordre et elle dut se résoudre à boire d'un trait le breuvage au goût amer. La vieille femme s'approcha ensuite d'eux avec un bol en aluminium rempli de plantes trempées dans un liquide rouge visqueux. Elle prononça des paroles incompréhensibles en bassa, frotta quelques plantes dans ses mains et enduisit leur visage du liquide rouge. Kiki ferma les yeux en espérant que tout cela n'était qu'un mauvais rêve, mais quand elle les rouvrit, elle vit la vieille femme retirer une lame de rasoir en acier inoxydable qu'elle avait enfouie dans ses cheveux et la plonger dans le bol en aluminium. Elle fit à chacun des convives de petites incisions sur la peau des doigts, des orteils et du dos. Kiki serra les lèvres pour ne pas hurler de douleur.

Dès qu'elle eut terminé, la vieille femme cracha trois fois par terre. Puis elle se tourna vers le maître des lieux et lui adressa quelques mots en langue *bassa*. Pour la première fois depuis qu'ils étaient arrivés chez lui, l'homme prit la parole et s'exprima en français :

– Bienvenue grand *Nkukuma*[153], mon ami J-C. Bienvenue à tous. Je suis heureux de vous recevoir chez moi. Hilolombi[154] et tous mes ancêtres, descendants de Mban[155], veillent sur vous. Ma belle-mère Ngonda ici présente souhaite vous rappeler que vous ne devez pas vous laver pendant 3 jours après le rite de protection.

Le Vieux Mbock s'approcha d'eux et embrassa chaleureusement J-C. Après les salutations, Diamant et Massa Yo quittèrent aussitôt la pièce. La vieille femme leur emboîta le pas. J-C se tourna alors vers Kiki et lui parla d'un ton solennel en présence de son hôte, qui observait attentivement la jeune fille.

– Kiki, tu vas me donner aujourd'hui quelque chose de très précieux.

Kiki remarqua que contrairement à son habitude, J-C ne la regardait pas dans les yeux.

– Une fois par an, Diamant, Massa Yo, mon épouse, mes enfants et tous ceux qui font partie de mon cercle restreint passent par le rite de protection avec blindage que tu viens d'expérimenter. Ils m'ont tous juré fidélité comme tu vas le faire toi aussi. Mais en plus de cela, je te demanderai une chose difficile, à toi qui partages désormais ma vie, mes biens, mes secrets, mon intimité et mon énergie.

J-C marqua une pause et se racla la gorge avant de poursuivre.

---

[153] Homme riche et puissant ou chef d'une grande communauté en langue ewondo (Beti).

[154] Nom du Dieu créateur chez les Bassa.

[155] Ancêtre commun du peuple Bassa.

De son vivant, mon grand-père paternel dont je suis l'homonyme, le regretté Jean-Claude Ongolo Ndzana qui était l'un des premiers instituteurs de la commune d'Obala, disait souvent que le feu qui brûle un homme est celui auquel il se chauffe. C'est un dicton de la sagesse africaine qu'il avait lu dans un roman de Kourouma dans ses vieux jours et qui l'avait particulièrement marqué. Je crois que tu comprends ce que je veux dire, Kiki. Après ce qui va se passer aujourd'hui, tu ne devras plus t'unir à aucun autre homme que moi sans mon consentement. Si tu essaies de briser l'entente que nous allons faire cette nuit devant notre témoin, mon ami Mbock Lissouck qui se tient ici près de nous, tu pleureras sur la tombe de la personne à laquelle tu t'es unie. Quant à toi, Kiki, il t'arrivera des choses terribles que je ne veux pas voir t'arriver…

Kiki n'avait pas entendu la fin du discours de J-C. De désespoir, elle s'était effondrée sur le sol, au pied de l'homme ondoyant qui lui avait promis le bonheur et qui s'était transformé du jour au lendemain en bourreau.

Cher journal,

Il y a des jours comme aujourd'hui où on ne sait pas trop pourquoi on est triste. Je suis rentrée à la maison après l'école et j'ai trouvé Kiki en larmes sur son lit. Je n'ai pas eu la force de lui demander ce qui ne va pas. Depuis que tonton J-C est entré dans sa vie, je trouve qu'elle a beaucoup changé et qu'elle ne s'intéresse plus à nous comme avant. Elle n'a plus beaucoup de temps pour personne, car il occupe toutes ses pensées. La semaine dernière, Coucou, mon petit frère, m'a demandé si Kiki allait déménager à Yaoundé. J'ai tout simplement haussé les épaules, car je ne sais plus grand-chose de ses projets. J'ai le sentiment d'avoir perdu ma meilleure amie : celle qui me confiait tous ses secrets, celle à qui je pouvais raconter mes journées, celle avec qui j'adorais faire le kongossa[156] *pendant qu'elle me tressait les cheveux ou qu'elle m'apprenait à cuisiner un plat, celle qui travaillait dur pour que nous soyons à l'abri du besoin et qui me demandait toujours à la fin de chaque trimestre si j'avais fini parmi les cinq premiers de la classe, celle qui s'asseyait par terre avec maman pour éplucher le manioc ou attacher les miondo en papotant, celle qui ne se suffisait pas et qui s'inquiétait du lendemain avec nous.*

Tout a changé depuis qu'elle ne se bat plus pour rien, depuis que tout lui est servi sur un plateau d'argent. Elle ne se fâche même plus quand je subtilise une pièce de 500 francs CFA dans son porte-monnaie ou peut-être qu'elle ne s'en rend même pas compte... C'est triste à avouer, mais les petites choses qui nous rapprochaient dans la pauvreté semblent avoir disparu dans l'aisance. Même Ma'a Yako, qui a toujours été le point d'ancrage de toute la famille, est devenue très occupée. Depuis qu'elle a ouvert un mini restaurant-bar près du carrefour Centre Équestre, maman y passe tout son temps et je ne la vois plus beaucoup. Je m'occupe presque toute seule de Coucou et d'Estha, mes deux cadets. Tout le monde poursuit ses rêves dans cette maison. Et moi donc? Moi je rêve de devenir écrivaine, d'exorciser mes maux par les mots. Dans l'imaginaire de l'écrivaine en devenir que je pense être, les mots, les sons et les images voguent parfois au rythme d'une valse intérieure qui me transporte dans un univers où la liberté se conquiert par le pouvoir du langage. Un jour, je raconterai mon histoire. En attendant que ce jour arrive, je travaille très dur à l'école.

L'école, c'est le seul endroit où je me sens libre et heureuse. Libre de penser. Heureuse d'être moi-même. Aujourd'hui encore, j'ai eu un moment de pure jouissance intellectuelle en classe, à l'insu de tous, tandis que le

---

[156] Les commérages de quartier ou les ragots (camfranglais). Mot emprunté à la langue douala.

professeur d'histoire-géo parlait du Kilimandjaro, le plus haut sommet d'Afrique. Quand monsieur Nchare a prononcé le mot Kilimandjaro de sa voix grave et assurée, j'ai laissé vagabonder mon esprit en quête d'ascension dans les hauteurs vertigineuses de cette merveille inconnue, dont le nom m'est familier. J'ai eu l'impression de sentir la caresse douce et froide du vent de la montagne sur mes joues gonflées d'un bonheur imaginé. Je n'étais pas certaine que le vent de cette montagne ensorcelante soit doux et froid, mais j'ai souhaité qu'il en fût ainsi, comme pour encourager mon esprit à élucider des mystères que je m'imagine quelquefois sommeiller langoureusement dans la sonorité étrange de certains mots. « Kil-iman-djaro », a répété monsieur Nchare en découpant maladroitement de gros morceaux de syllabes, comme s'il m'invitait à prendre part à un délice entrecoupé de brefs instants d'exaltation. Alors, j'ai fouillé dans les yeux du prof, j'ai cherché dans les modulations de sa voix et dans l'expression de son corps en mouvement, vibrant harmonieusement au rythme des sons, quelques faisceaux d'indices qui, à la manière de petits cailloux blancs que l'on sèmerait le long d'un chemin tortueux, me ramèneraient inévitablement vers un chemin familier ou vers une vérité que je connaissais déjà. « Kilimandjaro », a encore dit le prof d'histoire-géo. Au beau milieu de son exposé oratoire, je me suis mise à penser, sans lien ni transition, à des mots un peu farfelus. J'ai pensé à ouistiti, à mistigri, à riquiqui, à chiite et à tous ces "i" un peu excessifs qui étouffent les consonnes dans les mots. J'ai cru voir danser sous mes yeux toutes ces voyelles que la prof de français prétend être fermées, mais qui me semblent pourtant ouvertes, suggestives et frivoles, parce qu'elles tracent une ligne droite de mon tympan à mon cerveau, me titillent les hémisphères, excitent mon intellect et finissent toujours par basculer dans le lit fertile de mon imagination. Une douleur lancinante m'a brusquement ramenée à la réalité. C'était la petite règle graduée en bois de monsieur Nchare qu'il avait frappée à répétition sur mes phalanges et sur mon bras.

-Erna, tu rêves! Tu n'arrêtes pas de rêver en classe. Tu n'as même pas entendu ma question! J'espère pour toi qu'un jour, tous ces rêves qui t'empêchent de te concentrer finiront par porter fruit.

Le sixième sens d'une maman dévouée est comme un feu de détresse qui s'allume dans son subconscient pour l'avertir d'une situation qui menace l'équilibre de sa progéniture. Elle connaît chacun de ses enfants, et parfois mieux que tous, ceux qui se sentent incompris. Depuis quelques mois, Ma'a Yako observait en silence Kiki, qui avait un peu maigri. Chaque fois que la jeune fille quittait sa chambre d'étudiante pour venir leur rendre visite à la maison, elle arborait une mine fatiguée et un petit sourire forcé qui inquiétaient sa mère. Elle était devenue distante envers ses frères et sœurs, auxquels elle ne parlait que pour leur donner des ordres. Pas une seule fois elle n'avait demandé à Erna, dont elle était autrefois si proche, comment s'était déroulé son premier trimestre à l'école. Au début, Ma'a Yako avait cru qu'un sentiment d'orgueil s'était emparé de sa deuxième fille, mais dans l'étreinte chaleureuse que Kiki lui avait donnée ce jour-là et dans le regard perdu qu'elle l'avait vu poser sur Erna, la doyenne avait instinctivement décelé que quelque chose ne tournait pas rond. Et cette chose qui ne tournait pas rond était sûrement plus forte que la volonté de Kiki. D'emblée, Ma'a Yako avait pensé à J-C et elle avait posé quelques questions à la jeune étudiante sur sa relation avec l'homme d'affaires. Les réponses vagues et hésitantes qu'elle avait reçues avaient confirmé ses craintes.

– Kiki, je t'interdis formellement de jouer à ce jeu avec moi. Je te l'interdis! Si tu veux que je puisse t'aider, tu vas devoir me dire la vérité. Oh, tu crois que je ne sais pas de quoi les hommes au pouvoir sont capables? Si tu n'as aucune considération pour moi, respecte au moins les cheveux blancs que tu vois partout sur ma tête. Quand tu as emmené cet homme ici pour la première fois, je me suis formellement opposée à cette relation. Tu as boudé, tu as pleuré, tu as menacé de renier ta famille, tu as maudit la terre de nos aïeuls et le ciel qui couvrent nos têtes. À contrecœur, j'ai fini par me plier à ta décision de sortir avec un homme marié qui a presque l'âge de ton père. J'ai été traitée de tous les noms dans ce quartier et dans mes réunions. On m'a accusé d'encourager mes filles à se prostituer pour de l'argent et j'ai dormi chaque soir avec la culpabilité de t'avoir presque vendue à un homme riche. Mais quand j'ai vu comment il te couvrait d'attention et il prenait soin de toute la famille, j'ai décidé de lâcher prise. Je t'ai vu t'épanouir à ton travail et j'étais heureuse que tu aies trouvé quelqu'un qui te traite comme une reine. C'est un bonheur que je n'ai jamais connu et que j'ai toujours souhaité pour mes enfants. Pendant une vingtaine d'années, je me suis brûlée chaque jour les mains au réchaud à charbon de bois, à l'huile chaude des beignets et aux grilles à poisson pour vous nourrir. Alors je n'ai plus peur du feu et je ne laisserai personne détruire mes enfants après toute la souffrance que j'ai endurée pour eux. Olinga Ndzana peut reprendre tout ce qu'il nous a donné s'il le veut, tant qu'il laisse ma fille tranquille! Maintenant, parle. Je t'écoute…

Alertée par le ton dur et cassant de Ma'a Yako, Erna avait accouru au salon pour voir ce qui se passait. Les trois femmes étaient restées muettes pendant un long moment, se lançant tour à tour des regards inquiets, drapées dans un silence fragile qui masquait mille et une peurs inavouées. Puis à bout de forces, Kiki s'était jetée dans les bras de sa mère et avait tout déballé à sa famille : les pratiques étranges de J-C, les partouses auxquelles il l'avait obligée à participer avec des personnalités hauts-placées du pays, les photos qu'il lui avait prises nue et qu'il menaçait de publier sur les réseaux sociaux, la petite sacoche contenant des liasses de billets neufs de 10.000 francs CFA qu'il lui avait donnée après l'avoir contrainte à marcher nue à minuit dans un cimetière, les visites constantes chez les marabouts, la fois où il avait pris de force sa serviette hygiénique remplie de sang pendant sa période de menstruation, le rite de protection, le pacte de sang et la mort atroce du jeune Yann Fabo, qui avait été poignardé par des bandits en cavale dans sa chambre d'étudiant à Buea, au retour d'un week-end à Douala.

Erna pleurait à chaudes larmes, dépassée par tout ce qu'elle était en train d'entendre. Elle s'en voulait de n'avoir pas perçu toute la souffrance de sa sœur derrière son silence.

– A Sango Yesu ![157] s'était exclamée Ma'a Yako en levant les mains au ciel, quand Kiki s'était enfin tue. *A bona sango ba boi kwedi*![158] Olinga Ndzana m'a tuée! Ce sorcier veut *finir* mon enfant.

D'un mouvement brusque, la doyenne s'était levée et avait couru vers sa chambre. Elle était revenue avec son cellulaire et avait composé un numéro de téléphone.

– Allô, *Sango Pasto*[159]. C'est Maman Yako de Bonabéri à l'appareil...Non, ça ne va pas. *Sôn sôn ē*[160], *a Sango Pasto*, j'ai urgemment besoin de vous rencontrer.

---

[157] « Seigneur Jésus ! » Expression qui traduit un état de choc ou de consternation en duala.

[158] « À mes ancêtres morts et enterrés ». Expression qui traduit également un état de choc ou de consternation en duala. Synonyme de l'expression « Au secours ».

[159] Monsieur le Pasteur en duala.

[160] S'il vous plaît en duala. On le répète deux fois pour marquer l'insistance ou l'urgence de la situation.

Le saviez-vous? Au 21e siècle encore, dans le Grand Maghreb et au Moyen-Orient, des milliers de migrants africains sont vendus comme esclaves par des trafiquants d'hommes en toute impunité. Dans le Nord de la Lybie où des bateaux partent fréquemment pour l'Europe, les ventes aux enchères des migrants à la peau noire sont monnaie courante. Ces infortunés, qui rêvaient d'un avenir meilleur en Europe, ont quitté leur pays natal pour tenter la traversée de la Méditerranée en passant par la Lybie, important point de transit des migrants clandestins. Hommes de toutes les tranches d'âge, femmes de toutes les tranches d'âge, femmes enceintes, femmes avec enfants en bas-âge, mineurs non-accompagnés, ils viennent des quatre coins du continent africain et s'engagent, mus par un puissant instinct de survie que d'autres qualifieront d'absurde, dans une aventure périlleuse au cours de laquelle ils seront victimes de toutes sortes d'abus de la part des passeurs : bastonnade, extorsion de fonds, maltraitance, violence sexuelle… Certains ne verront jamais la couleur de la mer : ils s'effaceront dans les plaines sableuses du Ténéré. D'autres, entassés pêle-mêle dans de petites embarcations précaires, périront dans les eaux naufrageuses et voraces de la Méditerranée. Une poignée de rescapés, plus résistants ou plus chanceux que les autres, fouleront le sol européen, marqués à jamais par les péripéties d'un long périple vers le Vieux Continent.

Il y a aussi ceux dont on parle moins, les grands oubliés de l'exil qui font habituellement couler moins d'encre que les rescapés de la traversée et les morts. Les uns, condamnés à croupir dans des centres de détention insalubres, torturés et rançonnés par des miliciens cupides. Les autres, souvent issus de familles pauvres, vendus aux enchères comme esclaves parce qu'ils n'ont plus d'argent pour financer la traversée ni de proche parent susceptible de payer une rançon pour eux. Ceux qui sont vendus comme esclaves aux plus offrants tombent parfois aux oubliettes. Du jour au lendemain, leur famille n'a plus aucune nouvelle d'eux. On les veut vivants; on les croit morts; on les pleure; on espère un miracle; on se lamente; on les oublie un moment; on repense à eux. *Joly, où es-tu, mon enfant? A múna'am, o'e we? Reviens s'il te plaît, Joly. Sôn sôn ē, timba mbusa.* Parfois, nos prières sont exaucées quand nous nous y attendons le moins. Au bout de la patience, disent les Touaregs, il y a le ciel.

La jeune femme était arrivée à l'aéroport de Douala par un soir pluvieux, sans argent, sans espoir, sans bagage, sans rien d'autre que les deux pièces d'identité volées que lui avait données Safia. Elle portait une robe portefeuille en coton qui sentait le moisi. Safia avait sorti cette robe d'une grande valise à roulettes Louis Vuitton une semaine plus tôt et elle l'avait donnée à sa domestique, en jetant des coups d'œil inquiets autour d'elle.

– Va-t'en d'ici, Joly. Quand Saïf rentrera, je lui dirai que tu t'es enfuie pendant que je donnais le sein à Hassan. Prends cet argent avec toi. Prends aussi ces pièces d'identité. Elles appartenaient à une femme de ton pays qui est morte dans un *campo*[161] le mois dernier. J'ai dépensé beaucoup d'argent pour les avoir. Enlève ces haillons et porte cette robe. Ne traîne pas trop, on ne sait jamais… Abdel-Hafiz, mon jeune frère, t'attend dehors dans son pick-up. Il t'accompagnera discrètement jusqu'à l'aéroport de Tripoli et une fois là-bas, il te remettra ton billet d'avion. Il t'aidera aussi pour les formalités. Quand tu arriveras à Antalya, fais bien attention à toi. Ne te fais surtout pas remarquer et souris toujours en présentant ton passeport aux agents de contrôle. D'Antalya, tu t'envoleras pour Istanbul. Après Istanbul, tu atterriras à Paris. Là-bas, mêmes

[161] Camp où sont rassemblés les migrants en transit en Lybie, dans des conditions difficiles et insalubres.

consignes : discrétion et sourire. À Paris, tu prendras un vol direct pour Bamako. Arrivée à Bamako, débrouille-toi avec tout l'argent que je t'ai donné pour rentrer chez toi, au Cameroun. Bonne chance, Joly. Que ton Dieu, que tu pries chaque jour, veille sur toi. Quant à moi, qu'Allah me pardonne mes péchés!

Joly s'était jetée dans les bras de sa patronne et elle l'avait remerciée en pleurant. Puis, elle était partie sans se retourner, heureuse d'entrevoir le chemin de la liberté après 3 ans, 7 mois, 3 semaines et 3 jours de martyre. Elle avait atterri sans souci à Bamako après 27 heures de voyage et elle était descendue se reposer dans un petit hôtel au quartier Magnambougou, dans le secteur de Faso-Kanu. Arrivée sur les lieux, elle s'était rapprochée de Sidiki Keïta, le gérant d'hôtel qui l'avait accueillie, un homme affable au sourire franc dont tous, employés et clients, vantaient les mérites. Elle avait demandé à lui parler en privé et il avait accepté avec méfiance, s'interrogeant sur les motifs qui pouvaient animer la femme désemparée au corps émacié qui venait d'entrer dans son bureau. Dès l'instant où elle s'était assise en face de lui et l'avait regardé de ses yeux vides, il avait ressenti une immense compassion pour elle. Il avait immédiatement compris que cette femme portait dans sa chair de grandes souffrances et il s'était promis de faire tout son possible pour l'aider. Mais avant cela, il fallait qu'il l'écoute. Quelque chose lui disait que cette femme revenait de très loin.

Joly avait ouvert la bouche pour raconter à Sidiki son histoire, qui avait pris un tournant rocambolesque lorsqu'elle avait repris contact sur les réseaux sociaux avec Marie-Betty, une ancienne camarade du lycée. Marie-Betty avait immigré au Koweït et disait travailler pour une agence de recrutement dans la ville d'Al Farwaniyah. Sur Instagram et sur Facebook, Marie-Betty postait régulièrement des photos qui suggéraient une vie d'opulence. Quand elle n'était pas au volant d'une voiture de rêve avec sièges en cuir, elle se prélassait dans une suite d'hôtel luxueuse en sirotant un jus de fruits coloré ou dégustait un mets raffiné dans un restaurant qui respire le chic. Ses publications sur les réseaux sociaux étaient toutes suivies de hashtags éloquents à l'intention de ses milliers d'abonnés – *Ondes positives, Succès, Mercedes Benz, Gratitude, Paix intérieure, Mirage Suites Hotel, Bonheur, Tout est possible, Réussite, Luxe, Bien-être, Caviar Beluga*...

Impressionnée par la réussite apparente de celle qui avait été sa voisine de banc au lycée et qu'elle savait issue d'un milieu très modeste, Joly lui avait envoyé un message privé sur Facebook afin de la féliciter pour ses accomplissements, mais aussi dans l'espoir d'en apprendre plus sur la façon de parvenir à cette ascension sociale. Dans son message à Mary-Betty, elle avait cru bon d'éviter les convenances et avait préféré s'exprimer en *camfranglais,* le parler populaire fédérateur qui était le mode de communication usuel des deux femmes du temps où elles étaient proches : « *Bonjour, la dure boss*[162]. *C'est comment?*[163] *Ta vie dose!*[164] *Félicitations, ma belle. On fait même comment pour être en haut*[165] *comme toi? Le dehors vous appartient. En tout cas, tes photos donnent*[166]. *Moi, le nguémé veut ma mort au pays. Je suis juste là au quartier sans rien faire et ça me dérange beaucoup parce que la mater*[167] *souffre vraiment pour élever mes mbindis*[168]. *J'essaie de me battre pour monter en mbeng depuis from*[169]*...Rien. Ça ne va pas.*

---

[162] Patronne, femme importante (camf.).

[163] Comment tu vas (camf.).

[164] Tout se passe bien dans ta vie (camf.).

[165] Réussir, se hisser en haut de l'échelle sociale (camf.).

[166] Tes photos sont belles (camf.).

[167] Mère (camf.).

[168] Petits frères et sœurs, ou personnes plus jeunes en âge (camf.).

[169] Depuis longtemps (camf.).

Si tu as un réseau pour travel[170] *ou si tu know*[171] *quelqu'un qui peut m'aider, pardon ma kota*[172]*, dis-moi. Merci d'avance.*

Mary-Betty lui avait répondu le même jour, dans un français châtié qui avait eu l'effet de déstabiliser Joly. Mais la jeune femme s'était ressaisie en apprenant que son amie compatissait à la souffrance de sa famille et qu'elle voulait l'aider à trouver une solution. Marie-Betty lui avait confié qu'elle travaillait pour la plus grande agence de recrutement du gouvernorat d'Al Farwaniyah au Koweït et qu'elle pouvait l'aider à obtenir facilement du travail là-bas. Mais pour cela, il fallait d'abord que Joly quitte le Cameroun pour le Koweït. Marie-Betty avait alors proposé à Joly de la mettre en contact avec un certain Kingsley, un jeune Nigérian qui avait aidé une centaine d'Africains à se rendre en Lybie par voie terrestre, moyennant la somme de 1200 euros. Kingsley travaillait pour un vaste réseau de passeurs de migrants clandestins opérant entre la zone sahélienne et l'Afrique du Nord. Selon Marie-Betty, la Lybie représentait la meilleure opportunité possible pour Joly parce qu'elle lui offrait un double choix : celui de rejoindre sa vieille amie au Koweït pour y vivre ses rêves ou celui de gagner clandestinement l'Europe, où la vie serait certainement plus difficile sans un soutien comme Mary-Betty pour lui faciliter les choses. Joly avait été positivement surprise de découvrir que son amie connaissait des hommes très puissants ayant les bras longs sur toute l'étendue du territoire libyen, parmi lesquels un colonel à la retraite du nom de Faraj Al-Asmar, autrefois membre du Congrès général du peuple de la Jamahiriya arabe libyenne. Marie-Betty avait promis de la mettre en contact avec ce dernier, qui trouverait un moyen de faire entrer facilement Joly au

---

[170] Voyager (camf.). Emprunt à l'anglais.
[171] Connaître (camf.). Emprunt à l'anglais.
[172] S'il te plaît mon amie (camf.).

Koweït à partir de la Libye. Pour appuyer ses dires, Marie-Betty lui avait envoyé quelques photos d'elle prises avec des hommes richement vêtus dans des hôtels modernes au décor impressionnant. Elle y apparaissait la tête voilée, maquillée à outrance au visage et vêtue de longues robes aux couleurs vives qui lui couvraient presque tout le corps. Joly s'était demandé, en regardant ces photos, ce qui avait pu pousser une si belle femme à se dépigmenter la peau. Le joli teint caramel naturel et frais qu'elle arborait autrefois avait viré au jaune banane. Si elle ne l'avait pas connue adolescente, Joly aurait juré que la personne sur les photos avait un parent de race caucasienne.

Cette reprise de contact entre les deux amies avait marqué le début d'une longue série d'échanges privés sur Facebook. Joly avait été un peu déçue que Marie-Betty lui réclame la somme de 500 euros pour ses « services », mais elle avait préféré relativiser les choses en se disant que les valeurs de son amie avaient peut-être changé face à d'autres réalités. Les premiers 300 euros devaient lui être versés avant la prise de contact avec le Nigérian et le reliquat dans les trois mois suivants l'arrivée de la voyageuse au Koweït. S'il arrivait toutefois que Joly choisisse l'Europe comme point de destination, le reliquat devait lui être versé dans les six mois suivants son arrivée sur le sol européen. Lorsque sa fille aînée lui avait fait part de ses échanges avec Marie-Betty, Ma'a Yako s'était montrée sceptique. Mais comme Joly n'avait plus que le mot « voyager » à la bouche, la doyenne avait emprunté de l'argent dans toutes ses tontines et elle avait sollicité l'aide financière de sa famille élargie pour aider sa fille à réaliser son projet. Elle avait aussi cassé les deux tirelires en bois qu'elle dissimulait sous sa base de lit depuis des années et dans lesquelles elle glissait de temps à autre des billets de 1.000 francs CFA, espérant un jour s'offrir une cuisinière à gaz de qualité comme celle de Ma'a Bebey. La coquette somme de 2 millions de franc CFA avait pu être réunie et remise à Joly convertie en euros. Persuadée en son for intérieur qu'il s'agissait d'une anarque, Ma'a Yako avait été rassurée de savoir que Marie-Betty avait honoré sa parole. Aussitôt qu'elle avait reçu les 300 euros demandés, elle avait mis Joly en contact avec Kingsley.

Joly avait pris l'avion pour le Nigéria un matin de février 2014. Après environ 2h de vol, elle était arrivée avec son large sac à dos de type randonnée à l'aéroport de Lagos, l'imposante mégalopole ouest-africaine, où un jeune homme d'une vingtaine d'années l'attendait avec une grosse pancarte en carton mal découpée sur laquelle les mots « Waitin' for Moukoko Ebongue Joly » étaient écrits au feutre noir. Il l'avait guidée vers un vieux Mitsubishi Pajero gris à la carrosserie rouillée, devant lequel un homme costaud de plus de 2 mètres de haut se tenait debout, les mains croisées sur sa poitrine. Joly avait aussitôt remarqué qu'il avait un œil considérablement plus petit que l'autre et des scarifications verticales sur les joues. Le géant avait remis quelques billets verts au jeune homme, qui s'était éloigné d'eux d'un pas vif, presqu'en courant. Kingsley s'était ensuite présenté à la jeune fille et lui avait demandé si elle comprenait le pidgin nigérian. Elle lui avait répondu qu'avec l'ascension de Nollywood, devenue la plus grande industrie cinématographique du continent, il n'était plus possible d'ignorer le pidgin nigérian, qui s'apparente d'ailleurs au pidgin camerounais. Il avait souri et l'avait invitée à monter dans sa voiture. À bord du véhicule, qui sentait une odeur bizarre de poisson pourri et d'huile brulée, il lui avait donné un aperçu du trajet à parcourir jusqu'en Libye. Le premier point de destination était l'état de Kano dans le Nord, d'où ils partiraient ensuite pour Agadez au Niger, avant de s'engager dans le désert. Joly avait gardé les yeux fixés sur la vitre pendant la route, admirant les paysages urbains de la ville de Lagos, plus vastes et diversifiés que ceux de Douala. Ils avaient traversé le *Third Mainland Bridge*, qui se déploie sur plusieurs kilomètres de long au-dessus de la lagune et qui relie l'île de Lagos à la partie continentale du pays. Ils étaient arrivés à Kano le lendemain, avant les premières lueurs du jour qui blanchissent l'horizon. Kingsley avait alors proposé à Joly, d'un ton cru qui ne laissait place à aucune équivoque, d'aller se reposer ensemble et passer du bon temps dans une auberge avant de reprendre la route. Face au refus de l'étrangère, il avait changé d'attitude et lui avait parlé d'un ton agressif :

– Si tu veux que je t'emmène à Agadez, il te faudra dormir à l'auberge avec moi. Sinon je t'abandonne ici et tu devras te débrouiller pour rentrer chez toi au Cameroun.

Malgré les menaces reçues, Joly avait continué de résister aux avances de Kingsley et elle avait tenté de le raisonner. Elle avait évoqué l'éducation chrétienne qu'elle avait eue depuis son enfance, sa mère qui comptait sur elle, ses valeurs et tous les sujets susceptibles d'attendrir son interlocuteur. Il avait fini par s'incliner, mais il lui avait tenu un discours qui lui avait fait froid dans le dos, avant de garer sa voiture dans le stationnement poussiéreux d'une petite auberge.

– Si tu refuses de coucher avec moi, tu devras me payer 300 euros de plus pour que je t'emmène en Libye. De toutes les manières, avait-il ajouté de sa voix rauque, tu peux me dire non à moi parce que je suis tolérant et je ne veux pas d'histoires avec toi. Mais là-bas, au milieu du désert, tu ne pourras pas dire non aux autres hommes. Tu peux t'allonger sur la banquette arrière de ma voiture si tu veux. Moi, je vais me reposer quelques heures à l'intérieur avant de reprendre le volant.

Cinq heures de repos avaient suffi à Kingsley pour retrouver la pêche. Il était ressorti de l'auberge le visage frais et l'air reposé. Quant à Joly, les paroles de son compagnon de voyage l'avaient plongée dans un état de panique tel qu'elle n'avait réussi à fermer l'œil. Elle s'était demandé pendant tout ce temps si son projet n'était pas trop risqué, mais il lui semblait qu'il était désormais trop tard pour se dégonfler et rebrousser chemin. Les carottes étaient cuites. Il lui fallait juste espérer que les autres hommes soient plus humains que Kingsley. Avant de partir pour Agadez, ils avaient fait un arrêt-ravitaillement dans une échoppe, où Joly s'était acheté des provisions pour la route. Puis Kingsley avait repris le volant de son Pajero et ils avaient roulé en silence pendant 4 heures de temps jusqu'à la ville de Zinder au Niger. Elle avait compris qu'ils étaient rendus à Zinder en observant les inscriptions sur les pancartes autour d'elle. Son regard curieux s'était promené en bifurquant sur les maisons de boue traditionnelles de l'ancienne capitale, que ses habitants appellent aussi Damagaram. Elle avait été séduite par les peintures murales décoratives, les sculptures modelées en bas-relief sur les façades de plusieurs habitations et toute l'architecture en terre crue qui fait le charme de Zinder. Kingsley, qui semblait maîtriser parfaitement la carte routière de la ville, s'était arrêté au coin d'une rue pour acheter du pain composé à base de farine de blé et de sorgho chez une vendeuse dont il connaissait le prénom. Distant depuis l'incident survenu à Kano, il avait adopté un comportement plus conciliant après avoir avalé une énorme bouchée de pain. Il lui en avait spontanément tendu un petit bout emballé dans du papier et l'avait invitée à se régaler avec lui.

– C'est mon pain préféré. J'en achète toujours quand je viens ici. Prends ce morceau et goûte-le.

Elle avait interprété son geste comme un message de paix. Dans la plupart des sociétés africaines, un repas offert avec une attitude de partage ne se refuse pas, surtout s'il sert à apaiser les tourments du ventre ou les plaies du cœur. Si jamais ton ennemi t'invite à un repas chez lui, répétait souvent Ma'a Yako, assure-toi juste de manger avec lui dans la même assiette. Vous en sortirez réconciliés ou morts dans les bras l'un de l'autre. Joly avait accepté le bout de pain offert par Kingsley en priant secrètement qu'il ne remette plus jamais la discussion du matin sur le tapis. Ils avaient quitté Zinder l'après-midi pour Agadez, au sud des montagnes de l'Aïr. Kingsley était sorti de son mutisme et le trajet s'était déroulé dans une ambiance plus décontractée. Ils étaient arrivés à leur point de destination le même jour, peu après 9 heures du soir. Le géant avait coupé le moteur près d'une petite maison de terre crue en périphérie de la grande ville sahélienne. Il avait passé un coup de fil qui avait duré quelques secondes et un homme au visage recouvert d'un chèche était sorti de la maison avec une torche. Kingsley avait baissé la vitre pour lui parler.

– Bonsoir Hawad.

– Bonsoir. On vous attendait. Tu es venue avec une seule personne cette fois?

L'inconnu s'était exprimé dans un anglais approximatif en roulant les « r ».

– Oui, avait répondu Kingsley. C'était trop risqué de voyager nombreux. Je suis passé par des voies de contournement entre Kano et Zinder pour éviter les contrôles. Je ne voulais pas attirer l'attention en chemin. J'ai beaucoup de poudre blanche dans mon véhicule. Tout le monde est là?

– Oui, ils sont dans le hangar derrière la maison, répondit l'homme voilé. Ils sont 17 au total, maintenant 18 avec la fille. L'argent de tout le monde est arrivé et on a réussi à joindre nos contacts à tous les postes de contrôle. La fille a apporté son argent?

– Oui, je l'ai transportée de Lagos jusqu'ici et elle m'a remis la moitié de l'argent là-bas. Elle a intérêt à avoir le reste si elle veut voyager. Qui partira finalement avec le groupe?

– Bachir, Abdoulaye et moi-même. On va rencontrer Fayez et Hamid en chemin, avant le premier poste de contrôle. Ils vont apporter l'équipement avec eux et continuer la route avec le groupe sans nous.

Suivant les instructions de Kingsley, Joly avait remis la deuxième moitié de l'argent à Hawad, puis elle avait rejoint plusieurs autres migrants à l'intérieur d'un hangar en bois d'une dizaine de mètres carrés situé dans une clôture, à l'arrière de la petite maison de terre crue. Un fragment humain du berceau de l'humanité en quête d'espoir, papotant joyeusement en malinké, en wolof, en pidgin-english et en d'autres langues qu'elle n'arrivait pas à identifier clairement. Ils étaient là, songeant à de meilleures conditions de vie, réunis au milieu de sacs de voyage, de bidons d'eau, de seaux et de déchets alimentaires. Extenuée par le long voyage de Lagos à Agadez, elle les avait salués brièvement et s'était aussitôt affalée sur un tapis poussiéreux posé à même le sol. Quand elle s'était réveillée vers 6 heures du matin, Kingsley avait envoyé Hawad la chercher. Elle avait rejoint le géant dehors, où il l'attendait en fumant une cigarette. Hawad et deux hommes minces en turban se partageaient un narguilé, assis sur un long banc à l'entrée du hangar.

– Bonjour madame. Je veux mes 300 euros de plus comme convenu. Il te faut aussi donner 30 euros à Abdoulaye comme tous les autres voyageurs. C'est lui qui va acheter tout ce dont vous aurez besoin pour la route : les bidons d'eau, les bidons d'essence, les pneus de secours, le pain, les biscuits, tout. Il pourra aussi te montrer les marchés et les gargotes situés près d'ici. Mais avant d'aller discuter avec lui, donne-moi mon argent maintenant même.

Gênée, Joly s'était approchée de Kingsley pour éviter d'être entendue par les autres hommes et elle lui avait parlé à voix basse.

– Kingsley, je t'en supplie. Il ne me reste plus beaucoup d'argent. Si je dépense tout ce que j'ai avant d'arriver en Libye, je risque d'être coincée là-bas. Ma famille a réuni tout ce qu'ils avaient pour mon voyage.

Kingsley lui avait répondu en élevant la voix.

– Et qu'est-ce que j'ai à voir avec tout ça ? Je m'en fous, madame. Tu as refusé de coucher avec moi et tu me demandes d'avoir pitié de toi? Tu penses être la seule à avoir une famille? Ne me fatigue plus les oreilles avec ta famille! Moi aussi j'ai une famille. Une épouse plus belle que toi et cinq enfants à nourrir. Alors cesse de me supplier, femme. Donne-moi mes 300 euros si tu ne veux pas que je m'énerve et arrête de faire la sainte nitouche alors que tu es probablement comme toutes les autres femmes. Toutes des putes!

L'un des trois hommes assis derrière eux avait éclaté de rire.

– Kingsley! Laisse-la tranquille. Je vais me charger d'elle le moment venu.

– Je t'en supplie Kingsley, avait répété Joly en se mettant à genoux devant lui. Pour l'amour du ciel…

Dans un geste de rage, Kingsley l'avait soulevée par le bras et l'avait projetée au sol.

– Si tu ne me donnes pas immédiatement ce que tu me dois, je te pète la gueule ici même, devant mes gars.

Joly avait dû céder au chantage de Kingsley. À contrecœur, elle lui avait remis 300 euros de plus pour qu'il la laisse tranquille. Une fois seule, elle s'était fait la réflexion que la vie est vraiment ironique. Alors que certaines femmes exigeaient d'être payées pour les faveurs sexuelles qu'elles accordaient aux hommes, voilà qu'elle se retrouvait dans une situation incongrue, où il lui fallait payer de l’argent à un homme pour avoir refusé de lui accorder des faveurs sexuelles. Si le chemin vers la Libye s’avérait rempli d’incongruités de la sorte, alors ce serait une expérience digne d’être racontée. Joly ne croyait pas si bien le penser.

Le départ pour la Libye s’était fait quatre jours plus tard, à la tombée de la nuit. Des tricycles à moteur jaunes étaient venus chercher les 18 voyageurs en petits groupes de trois pour les transporter vers un point de rencontre aux portes du Ténéré, où d’autres migrants venus des ghettos du quartier Nassarawa attendaient dans l’agitation, assemblés autour d’un convoi de 4X4 prêts pour la route. Des vendeurs à la sauvette circulaient entre les véhicules pour proposer des jus, des petits gâteaux à la farine de sorgho et de la monnaie libyenne aux futurs aventuriers du désert, qui s’étaient préparés pour le grand jour. Ils étaient parés de lunettes, de gants, de bonnets, de chapeaux, de cagoules et de toutes sortes d’accessoires qui leur permettraient de résister au vent, à la chaleur, au sable et au froid pendant la grande traversée. Un pick-up grand format blanc de marque Toyota attendait le groupe dont faisait partie Joly. À leur arrivée, ils avaient trouvé Kingsley et sa bande qui chargeaient les provisions d’eau et de nourriture dans le véhicule. Un mélange d’excitation et de peur avait envahi la jeune Camerounaise, qui avait eu une pensée pour sa famille restée à Douala. Douala, si loin d’Agadez, mais si près de son cœur.

La traversée du désert s’était transformée en véritable enfer dans les premières heures qui avaient suivi leur départ. Serrés les uns contre les autres dans la benne du pick-up qui roulait à une vitesse de près de 150 km à l’heure, les migrants s’accrochaient à des bâtons en bois pour éviter de tomber. Au bout de trois heures de route, Joly avait vu trembler des mains Tamsir, le jeune Sénégalais qui l'avait accompagnée au marché Tôles d'Agadez la veille. Ils avaient eu un moment de répit quand les passeurs s'étaient arrêtés dans un petit village converti en halte routière par ses habitants. Ils étaient tous descendus pour manger et boire de l'eau. Deux hommes armés de Kalachnikovs étaient ensuite arrivés dans un Jeep Wrangler de vieille génération et ils avaient donné les clés de leur véhicule à Hawad. La bande à Kingsley avait présenté aux migrants les nouveaux venus – Fayez et Hamid, deux passeurs Libyens qui les conduiraient jusqu'à Tripoli. Abdoulaye, qui tournait autour de Joly depuis son arrivée à Agadez, l'avait attrapée par le bras pendant qu'elle mangeait et il lui avait ordonné de le suivre. Joly s'était tournée vers ses compagnons de voyage et leur avait jeté un regard de détresse. Certains avaient gardé les yeux baissés et d'autres avaient simplement détourné leur regard d'elle. Seuls contre des hommes armés dans le désert, les voyageurs ne voulaient pas risquer leur vie ni leurs rêves pour une inconnue. Le bonheur de Joly, qui avait été soulagée d'apprendre que Kingsley ne serait pas du voyage, avait été de courte durée. Le pire était arrivé. Abdoulaye avait abusé d'elle, puis il l'avait passée, pour reprendre les mots du passeur même, à son ami Bachir. Souillée et meurtrie dans sa chair, la jeune femme s'était relevée en chancelant, incapable de terminer le repas froid qu'elle avait entamé une demi-heure plus tôt. Hawad avait choisi une autre fille du groupe, une jeune Guinéenne pleine d'espoir en l'avenir qui ne devait pas avoir plus de 20 ans.

Lorsque les migrants avaient repris la route avec les Libyens, ils avaient eu une crevaison et il avait fallu s'arrêter pour changer le pneu dégonflé du pick-up. Visiblement irrité, Hamid avait commencé à frapper les voyageurs avec la crosse de son fusil pour les obliger à descendre. Il s'était calmé quand Emeka, le seul Nigérian du groupe, lui avait proposé de l'aider à changer le pneu crevé. Pendant ce temps, Fayez avait disparu dans la nuit noire avec la femme de Toumani, un Malien qui avait regardé partir sa moitié avec une rage impuissante. À son retour, la femme de Toumani pleurait à chaudes larmes et son mari s'était mis à fredonner une chanson douce en malinké, pour la réconforter et se consoler lui-même. Hamid avait fait signe aux voyageurs de grimper dans le véhicule et ils étaient tous repartis à l'assaut du désert. Ils avaient passé plusieurs jours de grands fléaux dans la gueule du Sahara, à affronter les tempêtes de sable et les nuages de poussière causés par les alizés continentaux. Ils avaient aussi bravé des températures extrêmes en chemin. Pendant la journée, le sable des dunes était brûlant et la chaleur ambiante suffocante, avec des températures de plus de 35 degrés Celsius à l'ombre. Mais à la tombée du soir, les températures chutaient drastiquement, allant parfois en dessous de 0 degré Celsius au milieu de la nuit. Certains migrants s'étendaient alors sur leur natte de prière l'un à côté de l'autre, enveloppés dans des couvertures pour éviter de dormir sur le sable froid. Les autres dormaient emmitouflés sous des couvertures dans le véhicule. La traversée s'était faite sous la menace permanente des maux qui minent les aventuriers du Ténéré : la faim, la soif et la fatigue extrême. De temps en temps, les deux passeurs donnaient un peu à boire aux passagers, mais jamais suffisamment, sous prétexte que les bidons risquaient de se vider avant leur arrivée en terre libyenne. Lorsque Tamsir s'était plaint de la petite quantité d'eau et de nourriture qu'il avait reçue de la journée, Fayez lui avait donné un violent coup de poing sur le torse. Après cet incident, personne n'avait plus osé se plaindre de la faim ni de la soif pendant le trajet.

Le troisième soir, un drame était survenu alors qu'ils se rapprochaient de Sebha, dans le désert de la Lybie, au sud de Tripoli. Le pick-up roulait à vive allure dans la nuit sombre, à près de 160 km à l'heure sans doute. Tamsir, qui somnolait dans la benne, avait malencontreusement laissé échapper son bâton de bois. Au même moment, Fayez avait accéléré au volant et le garçon avait été propulsé violemment au sol, la tête la première. Les migrants avaient cogné sur la vitre-avant du conducteur pour que Fayez immobilise le véhicule au plus vite. Le passeur était descendu en vociférant, suivi d'Hamid. Lorsque les deux hommes avaient vu Tamsir étendu par terre, la nuque brisée, ils s'étaient mis à râler.

– Je ne peux pas transporter un blessé avec moi, avait lancé froidement Fayez en anglais, avec un fort accent arabe. Il n'y a déjà pas beaucoup de place pour tout le monde. S'il nous faut en plus prendre un homme qui ne peut pas s'asseoir, ça va être très difficile.

– On va laisser ici ce petit salaud, avait répondu Hamid. Il fera moins le malin à demander plus de nourriture et d'eau aux gens.

Emeka avait essayé de voler au secours du pauvre Tamsir en trouvant un compromis qui pourrait satisfaire les passeurs et le blessé.

– Ça ne nous dérange pas de lui faire un peu de place et de l'aider à se nourrir, messieurs. On peut s'occuper de lui sans souci. Il pourra se soigner bientôt en Libye.

– Un mot de plus et je te tire dessus, avait crié Hamid en frappant la crosse de son arme sur l'épaule du Nigérian. Ferme ta putain de gueule de merde! Depuis quand tu prends des décisions à notre place? Pourquoi tu ne descendrais pas plutôt pour rester ici avec lui ?

– Aidez-moi mes frères, avait murmuré Tamsir. J'ai mal…

Fayez s'était agenouillé près du blessé et il avait fouillé dans les poches de ses vêtements, d'où il avait sorti quelques billets de 20 dinars libyens. En le déchaussant, il avait trouvé trois billets de cent euros dissimulés sous la plante de ses pieds, à l'intérieur de sa chaussette. Sans se donner la peine de rechausser le jeune homme, il s'était emparé de sa trouvaille, tout excité.

– On va malheureusement devoir te laisser là, mon ami, avait dit le passeur au voyageur Sénégalais en état de souffrance qui tentait vainement de se relever.

Pendant que Fayez comptait l'argent qu'il venait de voler à Tamsir, Hamid fouillait son sac de voyage.

– 730 euros dans le sac, lança-t-il en direction d'Hamid. Pas mal. Il faut partir maintenant.

– Ne me laissez pas, avait supplié Tamsir. Je veux aller vivre mes rêves en Europe. Je ne veux pas rester seul ici. J'ai froid aux pieds.

– Eh bien, chausse-toi! avait répondu Hamid avant de rentrer dans la cabine du véhicule, où Fayez l'attendait déjà.

Le pick-up avait démarré en trombe et les migrants, déchirés, avaient regardé le corps immobile de Tamsir rapetisser lentement sous leurs yeux à mesure qu'ils s'éloignaient de lui, jusqu'à devenir un point infime happé par les dunes de sable froides.

Que te dire de plus, Sidiki, mon frère du Mali? Veux-tu que je te raconte comment nous avons été dépouillés de notre argent par les passeurs et vendus à des miliciens à Sebha? Les miliciens nous ont emmenés à Tripoli, dans un centre de détention. Ils ont séparé les hommes des femmes. Ils nous ont battues, violées et séquestrées tous les jours. Ils voulaient qu'on leur paie 4000 dinars pour nous libérer. Où allais-je prendre cet argent? Ils m'ont ordonné d'appeler ma famille si je ne voulais pas croupir en prison. Ma pauvre mère, que lui dire? J'ai pleuré toutes les larmes de mon corps, Sidiki, j'ai pleuré ma mère vivante. Nyango'am, ma maman. Celle qui a sacrifié sa vie pour ses enfants. Celle qui nous a tout donné, et même ce qu'elle n'avait pas. J'ai pleuré pour Ma'a Yako.

La femme de Toumani est morte sous mes yeux un matin. Elle toussait beaucoup et elle avait mal partout. Les autres femmes ont dit qu'elle souffrait d'un cancer depuis des années. Elle voulait rejoindre l'Europe pour bénéficier des meilleurs soins médicaux possibles, mais son rêve a viré au cauchemar. Nous l'avons vu gémir de douleur et de désespoir jusqu'à ses derniers moments. Cette fois, Toumani n'était pas là pour la consoler et chanter. Alors, j'ai chanté pour elle. J'ai chanté une vieille chanson à succès de son Mali natal, la première chanson d'amour qui m'est venue en tête et que tu connais peut-être Sidiki, l'élan du cœur d'Amadou à sa douce Mariam : « Je pense à toi, mon amour, ma bien-aimée. Ne m'abandonne pas, mon amour, ma chérie ». Le même soir, j'ai pu joindre Marie-Betty au téléphone. Non, elle n'avait pas 4000 dinars à me prêter. Non, elle ne se souvenait pas de m'avoir parlé d'un colonel à la retraite qui pourrait m'aider en Libye. Non, elle ne travaillait pas pour une agence de recrutement au Koweït. Elle travaillait comme pute de luxe pour un grand réseau de proxénétisme et je n'avais qu'à faire la même chose qu'elle pour m'en sortir en Libye. J'ai été vendue le lendemain à une maison de prostitution pour 2500 dinars. 2500 dinars, le prix à payer pour m'ôter les restes d'une dignité qu'ils avaient déjà piétinée. Un riche commerçant du nom de Saïf m'a rachetée pour 4500 dinars le jour même où j'ai été vendue.

Ne pleure pas pour moi, Sidiki, mais pour l'humanité qui va à la dérive. Pour les hommes qui s'entretuent. Pour les hommes qui vendent impunément d'autres hommes. Pour les hommes qui errent de terre en terre à la poursuite d'un bonheur qu'ils ont laissé derrière eux, mais qu'ils croient trouver ailleurs. Pour les hommes pleins d'espoir que les hommes vides d'espoir ont détruits. Aïe! J'ai mal. J'ai très mal dans ma chair, Sidiki. J'ai mal ici, au cœur. Touche mon cœur. L'entends-tu battre? Il bat pour toute l'humanité. Pour ceux qui bâtissent et ceux qui renversent. Pour tous ceux qui ont été déshumanisés et tous ceux qui ont perdu la fibre de leur humanité. Pour les passeurs esclavagistes qui ont sombré dans le mal. Pour les orphelins de l'ancienne Jamahiriya tombés sous le feu des milices. Pour les rescapés de la gueule ouverte du Sahara. Pour les migrants qui tentent la traversée de la Méditerranée au péril de leur vie. Pour les naufragés de Lampedusa. Pour les familles au sud du Sahara qui attendent inlassablement le retour de leurs bien-aimés. Pour ma mère, pour ma fratrie, pour mes concitoyens, pour les hommes du monde entier en périple sur terre et même pour Saïf, mon bourreau. Je sais que Saïf souffre. Il n'y a que la souffrance qui puisse rendre un homme si méchant. Esclave, il a fait de moi son esclave. Une bonne à tout faire dans sa maison. Un objet sexuel pour ses frères et lui-même. Pour 4500 dinars, le propriétaire de la maison de prostitution m'a vendue à Saïf. Mais un beau matin, Safia, la femme de Saïf, m'a affranchie.

« Si tu ne sais pas où tu vas, alors retourne d'où tu viens ». D'un air songeur, Joly regardait défiler les petits commerces foisonnants, les façades protéiformes des maisons, les clôtures de parpaings en béton, les *bend-skinneurs* hystériques et les passants qui déambulaient avec insouciance dans les rues animées de Sodiko. Une parfaite insouciance qui ne courait pas les rues dans tous les coins du monde et que les migrants Africains détenus du côté de la Libye auraient certainement appréciée à sa juste valeur. Elle pouvait maintenant affirmer par expérience que ces petits moments d'insouciance relèvent de l'évidence pour certains, mais du privilège pour d'autres. Ô insouciante liberté, ô impuissante servitude…Si hommes libres savaient, si esclaves pouvaient.

La fille aînée de Ma'a Yako était retournée au point d'origine de son périlleux voyage sans avoir jamais atteint sa destination. Et dire que quatre ans plus tôt, elle s'était sentie à l'étroit, désœuvrée et frustrée dans cette grande ville paisible sur laquelle elle posait aujourd'hui un regard neuf. Jamais avant son départ elle n'avait songé à cette terre mal-aimée comme à un havre de paix. Mais aujourd'hui, au-delà de tous les doutes qui rongeaient son être fragilisé par les tourments d'un malheureux périple au cœur de la méchanceté humaine, une seule certitude l'habitait : elle était en sécurité ici à Douala. Et si l'ultime destination de l'homme était de retourner à son point d'origine ?

-Comment s'appelle ta mère ? demanda le chauffeur de taxi qui la conduisait chez elle et qui l'observait par moments avec curiosité dans le rétroviseur. On va demander à un passant de l'aide pour trouver votre maison, continua-t-il en ralentissant le véhicule d'un mouvement brusque qui fit sursauter son unique passagère. J'ai commencé à faire le taxi il y a quelques mois et je ne connais pas encore bien tous les coins de Douala. Votre famille a toujours vécu à Bonabéri ?

Depuis qu'ils avaient quitté l'aéroport, l'homme à la moustache chevron n'avait pas arrêté de lui poser toutes sortes de questions indiscrètes que même les agents de la police des frontières, auxquels elle avait expliqué sa situation, n'auraient certainement pas osé lui poser. Tantôt il la vouvoyait, tantôt il la tutoyait. Il l'avait transportée du parking de l'aéroport de Douala, où un agent de police avait escorté la rescapée, jusqu'au quartier Sodiko à Bonabéri. L'agent avait glissé quelques mots au chauffeur sur la situation de Joly avant de prendre congé d'eux.

– Conduis-la jusqu'à son domicile, *mbom*. Pas d'arrêt en chemin, elle te paiera le prix d'une course. Elle revient de l'enfer. Encore une qui a essayé d'aller en *Mbeng* en passant par la Libye.

L'interrogatoire du chauffeur avait débuté aussitôt qu'il avait démarré son véhicule. Moins elle en disait, plus il en demandait. Les longs intervalles de silence de la revenante ne semblaient pas le décourager. Bien au contraire, il y voyait une occasion d'en dire plus. Il s'en serait fallu de peu pour qu'il lui demande avec combien d'hommes elle avait couché depuis son départ. Il la bombardait de questions à tout va et avant même qu'elle ait pu répondre à toutes, il passait déjà à une autre série de questions. Tout un personnage! Joly, qui était d'un naturel réservé, n'appréciait guère cette familiarité excessive qui frise l'impertinence et qui caractérise, elle devait se l'avouer, un grand nombre de ses concitoyens.

– Ndongo. Ma mère s'appelle Ndongo Mpondo Jacqueline, répondit-elle au chauffeur. Mais tout le monde l'appelle Ma'a Yako dans le quartier.

– Psst! Hé, petit! Viens, s'il te plaît. On cherche la maison de madame Ndongo Mpondo Jacqueline, une maman de ce quartier qui vend des beignets.

– Ndongo qui? interrogea le jeune garçon en chemise froissée que le taximan avait hélé au coin d'une ruelle broussailleuse.

– Ma'a Yako, lança Joly en baissant la vitre du véhicule. Elle habitait derrière cette petite brousse il y a environ 4 ans.

– Ah! Ma'a Yako, la maman de Coucou? Oui, je la connais, affirma le garçon. Elle ne vend plus les beignets depuis longtemps. Ils ont déménagé de l'autre côté de Sodiko, vers la quincaillerie Fokou. Est-ce que vous allez chez eux pour le deuil ?

Le cœur de Joly ne fit qu'un bond dans sa poitrine. Sa voix était toute tremblante quand elle s'adressa au garçon.

– Le deuil?

– Oui. Elle a perdu son mari il y a quelques jours et la veillée aura lieu dans deux semaines.

Désemparée, Joly ferma les yeux et n'entendit pas la suite de ses propos. L'annonce de cette nouvelle lui avait fait l'effet d'un couteau qui rentre dans la chair, au creux même de la poitrine. Elle n'avait jamais été proche d'Ekwalla Ebonguè Jean-Jacques, mais il restait tout de même que cet homme était son père…ou son géniteur. De toutes les façons, cela n'avait plus d'importance maintenant qu'il était mort. Un sentiment de lassitude mêlé d'une tristesse chagrine s'était brusquement saisi d'elle, mais ses yeux vides restaient désespérément secs, éprouvés par la multitude de drames et de deuils dont ils avaient été témoins au cours des dernières années. *Il faut pleurer la mort d'un père*, lui susurra d'un ton accusateur cette petite voix en elle qui devait être celle de sa conscience. *Il faut oublier le passé.*

– Je peux vous accompagner là-bas si vous me laissez monter dans la voiture, continua le garçon.

Le chauffeur de taxi fit signe au garçon de monter à l'arrière. Il retira ensuite son vieux chapeau militaire défraîchi et se tourna vers Joly d'un air compatissant.

– Oooh! Désolé madame. Mes condoléances! Le monsieur qui est mort, c'était votre père même ou c'était le mari de votre mère ? Il avait quel âge? *Assia*[173]. La vie ci n'est rien! Les gens meurent tous les jours dans ce pays comme des mouches. On dirait qu'on les vend au *famla*[174] ou dans la sorcellerie. Je ne sais même plus quoi penser ! C'est peut-être la misère d'ici qui les tue à petit feu. En tout cas… Le gouvernement nous regarde juste vivre et mourir dans des conditions inhumaines sans rien dire : coupures

---

[173] Mes condoléances ou navré (e) selon le contexte (camfranglais). Mot emprunté à la langue duala, employé pour consoler quelqu'un ou exprimer de la compassion à son égard.

[174] Secte ayant recours à des pratiques mystiques visant généralement à acquérir ou à maintenir le pouvoir, l'argent et la longévité en liquidant des vies humaines. Mot emprunté aux langues Bamileke.

d'électricité régulières, coupures d'eau régulières, manque de personnel et d'équipement dans les hôpitaux publics, détournements de fonds publics à droite et à gauche, chômage après de longues études, mauvais état des routes dans toutes les villes et même dans la capitale économique, corruption dans presque tous les secteurs de la société et on ose quand-même nous parler d'émergence 2035[175]? Si j'avais de l'argent, juste 1 million de franc CFA, j'allais quitter ce pays corrompu depuis longtemps pour aller chercher un avenir meilleur en *Mbeng* comme vous. Quatre choses me retiennent encore ici : le *foirage*, le goût de la *King Beer* glacée, les séries de Canal 2 et les tournois de la Fécafoot[176]. Sinon, je serais parti gagner ma vie ailleurs depuis très longtemps. C'est triste, hein? Tu rentres après des années passées à l'étranger pour trouver qu'un de tes parents vient de mourir. Votre père était malade? Petit, dis-nous, il est mort de quoi?

– Je ne sais pas, grand frère[177], répondit le garçon en haussant les épaules. C'est un voisin qui m'a annoncé qu'il est mort et je suis allé le même jour présenter mes condoléances à Coucou, mon camarade de classe. Mes condoléances à vous aussi madame, ajouta-t-il à l'endroit de Joly. Je ne savais pas que vous êtes la grande-sœur de Coucou. Moi aussi j'ai perdu mon père quand j'avais 6 ans. C'est dur de perdre ceux qu'on aime et qui se sont toujours sacrifiés pour nous. Que le bon Dieu accueille l'âme de votre cher papa au paradis.

– Merci, murmura entre ses dents la jeune femme pensive.

---

[175] Programme ambitieux annoncé par le gouvernement en vue de l'émergence économique à l'horizon 2035

[176] Fédération camerounaise de football.

[177] Appellation respectueuse utilisée pour s'adresser à un aîné.

Myopi mese mi m'ondea nde o munja[178]. Tous les fleuves coulent vers la mer. Et les hommes? Ils marchent tranquillement vers leur destinée. Une seule et même fin, inconnue mais certaine. Oui, les hommes sont tous égaux face à elle : pauvres, riches, bons, méchants, sages, cons, humbles, suffisants comme son défunt père, idéalistes comme le jeune Tamsir, désillusionnés comme la femme de Toumani, tout le monde finit un jour par tirer sa révérence. Ekwalla Ebonguè Jean-Jacques était mort et il emportait avec lui les ombres de toutes ces enfances volées, les soupirs de tous ces êtres déshonorés dont il avait profondément impacté l'existence. Joly songea à Ma'a Yako, qu'il avait épousée jeune et qui n'avait jamais vécu le bonheur à ses côtés. Bien au contraire, il avait servi à cette femme aimante le mépris, le rejet et la haine tout au long de leur relation. Elle songea à Kiki, la plus fragile de ses sœurs, qui avait passé son adolescence à faire des courbettes à tous les oncles de la famille, à la recherche d'une figure paternelle. Elle songea au pauvre Freddy, qui avait connu les souffrances de la drépanocytose sans le soutien d'un père et qui était mort un soir de noël, au service des urgences de Laquintinie. Elle songea aux cadets de la fratrie, Coucou et Estha, qui ne connaissaient littéralement leur père que de nom. Elle songea à elle-même, qui avait dû délaisser très tôt l'enfance pour assumer son rôle d'aînée de la famille et assister Ma'a Yako. Elle songea, avec un pincement au cœur, à sa petite protégée Erna… *Erna, ma petite sœur chérie, mon bébé d'amour. Je ne pourrai jamais remonter le temps et effacer les mauvais souvenirs du passé. Je n'oublierai jamais ce jour où il est rentré à la maison avec une bouteille de bière en main. J'étais là quand il t'a ordonné de te déshabiller et qu'il a essayé de t'emmener de force dans la chambre de maman. J'ai entendu tes cris, mais je suis restée immobile parce que*

[178] La traduction française suit la phrase en *duala*.

j'étais sous le choc, parce que j'avais peur. Il a pris le couteau de cuisine marron de maman, celui qu'elle utilisait toujours pour nettoyer les maquereaux, et il l'a pointée vers moi d'un geste menaçant. « Si tu dis à qui que ce soit ce que je m'apprête à faire, je vais te découper en petits morceaux comme du soya. » Maman est entrée en trombe. Peut-être qu'elle avait entendu tes cris ou peut-être que son instinct lui avait dit de rentrer à la maison... Je la revois encore, plus furieuse que jamais, les yeux exorbités, prête à bondir sur sa proie comme une lionne déchaînée. « Ekwalla, tu n'es qu'un fou! Un salaud de la pire espèce! Ta fille ? Ta propre fille ! Jusqu'à quand vais-je payer pour une erreur d'un soir avec un homme qui a su me traiter comme tu ne l'as jamais fait? Jusqu'à quand vas-tu punir nos enfants pour une faute que J'AI commise? Lâche cette enfant, sale monstre! Erna, ramasse tes habits et cours chez les voisins. Maintenant ! » Erna avait tenté de se défaire de l'étreinte de son père, qui la tenait serrée contre lui. Mais celui-ci n'avait pas voulu la lâcher, défiant sa femme du regard. *« Les putes ne font que des putes! C'est bien connu. Donc ta fille est une pute comme toi-même! Qui sait si ces enfants sont d'ailleurs les miens? Famille de putains et de putes ! »*

La lionne avait bondi sur lui sans crier gare et l'avait mordu de toutes ses forces à l'avant-bras. Pris au dépourvu, le prédateur avait poussé un hurlement de douleur qui avait rendu la lionne plus enragée. Elle avait arraché la petite de ses mains avec une violence qui avait fait basculer son adversaire en arrière. Il s'était étalé de tout son long par terre et elle s'était jetée sur lui, le rouant de coups de griffes. Il avait tenté de la neutraliser d'une main et s'était mis à tâter le sol de l'autre main. Soudain, Joly avait entendu un rugissement de douleur tout droit sorti de la gueule de la lionne : Ekwalla Ebonguè Jean-Jacques venait de lui planter le couteau de cuisine marron dans la hanche. Profitant d'un moment de répit où elle avait roulé sur le côté, il s'était levé et s'était enfui en courant. « Ma hanche…Ma hanche o. Appelez les voisins, les enfants. Ma hanche! Ma hanche! Allez vite chercher de l'aide. Vite, je saigne. » Dans un monde idéal, les enfants auraient répondu au cri de détresse de leur mère en allant chercher leur père. Mais que faire lorsque le père est aussi le bourreau? *Adieu, Ekwalla Ebonguè Jean-Jacques, relâcha Joly dans un souffle inaudible. Va en paix et que tes péchés envers ton propre sang te soient pardonnés ».*

Cher journal,

Après tant d'années et alors qu'on n'y croyait plus, le bonheur a frappé à notre porte. Hourra! Joly est de retour! Brisée en mille morceaux, mais vivante. Et tant qu'il y a de la vie, je crois qu'il y a de l'espoir. Comme une première lueur du jour au bout de la nuit, elle est apparue parmi nous, sans crier gare. Il y a dans le reflet de ses yeux noyés dans de grands cernes une expression familière de la douleur qui nous caractérisent de mère en filles, une ombre du déjà-vu qui a pris forme dans les yeux de la doyenne et qui s'est propagée chez toutes les autres…Mais revenons à nos moutons. Depuis que Joly est de retour parmi nous, maman a pris des couleurs. C'est incroyable comme elle est belle! « Un seul être vous manque et tout est dépeuplé », disait le poète. Il avait bien raison. « Un seul être revient et tout refleurit ». Paroles d'Erna. La joie de maman est manifeste, un peu trop manifeste selon les dires de sa belle-famille, qui l'a traitée de veuve joyeuse pendant la préparation des obsèques. Une cousine paternelle nous a d'ailleurs confié hier que les belles-sœurs de maman, les fameuses Ngôn[179], l'attendent au tournant pendant les dernières étapes du rite de veuvage, qui auront lieu après l'enterrement. Elles ont juré de lui régler son compte avant

---

[179] Ensemble des sœurs au sein d'une famille. Ce terme désigne aussi les belles-sœurs d'une épouse.

de lui attribuer le statut de Moukoussa, la veuve attitrée du défunt. Maman s'en fout royalement de tout ça. Qu'elles lui rasent les cheveux à la Manu Dibango ou qu'elles la déshabillent en public pour la purification, cela lui est égal. Ses enfants sont réunis à ses côtés et c'est le plus important pour elle. Tout le monde est en santé : Coucou, Estha, Joly, Kiki... Parlons justement de Kiki, qui commence à sortir la tête de l'eau. Elle fait encore beaucoup de cauchemars où des êtres monstrueux semblables à des njunju[180] *la poursuivent, mais le Pasteur Ndabo a dit à maman que tout finira par rentrer dans l'ordre si nous persévérons dans la foi et la prière. Durant sa dernière visite à la maison, il a livré un message d'encouragement à toute la famille. De ce message, je n'ai retenu que deux mots de quatre syllabes chacun. Quatre syllabes qui ont résonné en moi et que je n'ai cessé de répéter longtemps après que l'homme d'église soit parti : Wèlisanè ou la patience. Lakisanè ou la confiance. La patience dans les épreuves et la confiance en Dieu.*

Tonton J-C est sorti de notre vie comme il y était entré...de façon inattendue. Il a essayé de faire du chantage à Kiki, mais c'était sans compter le rugissement de la lionne. On ne lance pas un caillou sur la tête d'un lionceau qui marche à l'ombre de sa mère. Ma'a Yako est allée confronter le magnat de la presse à Yaoundé et elle lui a craché ses vérités au visage. Il a ordonné à ses gardes de la faire sortir de son bureau, mais avant de partir, elle l'a regardé droit dans les yeux et elle lui a répété trois fois de suite, enhardie par la certitude de marcher dans le vrai : « La lumière brille dans les ténèbres et les ténèbres ne l'ont pas arrêtée ». Ma'a Yako nous a raconté cette scène avec tellement d'émotion dans la voix que je m'en suis inspirée pour écrire un poème sur l'amour. L'amour,

---

[180] Masques effrayants. Par extension, monstres (camfranglais).

non pas comme on l'idéaliserait naïvement, mais comme certaines le vivent réellement.

L'ombre et la lumière

Nuit d'encre qu'illuminent les amours passionnelles,
Feu de paille qu'attisent les envies charnelles.
Est-ce le vent qui souffle
Ou le souffle d'un amant impatient ?
L'éclat d'un réverbère
Ou le regard d'une femme comblée qui brille
Dans les ténèbres de la nuit ?
La nuit des « Je t'aime » qui naissent et vont croissant,
Puis las,
Décroissent pour mourir à la naissance du jour
Car le soleil assassine les amours auxquels
La magie de la nuit donne prématurément le jour.

D'illusion nocturne à diurne-dure réalité,
De rêve romantique à réalisme,
La nuit de toutes les passions bat son plein
Jusqu'à ce que le jour ait inexorablement raison d'elle.
Des cendres froides comme de la glace résulteront des feux de camp
Tout comme des feux de l'amour,
Sitôt que le soleil dardera ses rayons de feu.

Hier nuit encore,
Le cri-cri du grillon couvrait les soupirs de la femme aimée
Mais voici qu'au petit jour,
Le chant du coq étouffe le cri de douleur de la femme meurtrie.
La belle qui crut aveuglement aux promesses d'un soir
Et le jour venu,
Ouvre les yeux sur la réalité crue.

Prestidigitatrice qui envoûte les esprits
Vagabondant au confluent de la sensibilité et de la déraison,
La nuit entraîne ses victimes dans un tourbillon effréné
De pulsions passagères, d'extases langoureuses.
Les corps se laissent aller, des cœurs fléchissent.
Les sens s'entremêlent, des chairs s'abandonnent.
Mais la nuit est courte et trompeuse.
Elle tombe, s'enfuit et tout s'illumine soudain :
Il fait jour !

L'ÉTRANGÈRE

Il y a ce gouffre en elle semblable à un puits souterrain, où la douleur s'est logée si profond que personne ne saurait la trouver sans s'y noyer, entre les fragments de son être, tombée de haut dans les résidus de ses larmes et les débris de rêves.

– Merci de me donner enfin la parole, Tah Nkwa[181]. Merci à tous d'être là aujourd'hui. *Peùh Hôh Mepông[182]!* Soyez les bienvenus! *Mè tchah'sseu toûndjieu[183].* Je salue la famille. Permettez-moi de me lever pour m'adresser à vous, car j'ai été longtemps assise. Je suis restée si longtemps assise que j'ai du mal à me tenir debout. Je passe beaucoup de temps assise ou courbée, vous savez… Dans mon champ de tomates au quartier Ngnou, dans mon stand de légumes au marché Ntah Louh, devant mon feu de bois ou ma pierre à écraser quand je cuisine…je suis rarement debout. Mais aujourd'hui, je ne parlerai pas assise. Je suis fatiguée d'être assise. Je vous ai écouté parler sans rien dire jusqu'ici et pourtant, je suis l'accusée. J'ai assisté comme une spectatrice à mon propre procès. J'ai entendu vos accusations, j'ai écouté vos plaintes. Tous ceux qui ont été conviés à cette réunion de famille me connaissent. Il n'y en a pas un qui ignore mon histoire, que vous entendrez cette fois-ci de ma propre bouche. Je l'ai toujours entendue de la bouche de ceux qui m'entourent, chuchotée derrière mon dos par mes coépouses Ma'a Té et Ma'a Sido à leurs jeunes amies du quartier, qui n'étaient même pas encore nées quand j'entrais déjà en 1973 au Lycée des jeunes filles de Douala. Je l'ai souvent entendue dans les rues, transformée

[181] Nom d'éloge ou titre de civilité en pays Bamiléké.
[182] La traduction française suit la phrase en Bamena. Le Bamena appartient au groupe de langues ndà'ndà chez les Bamileke.
[183] Ibid.

en chanson par les gamins du village qui m'ont surnommée *Mbàk gníhí*, la marmite vide…et pourtant la plupart d'entre eux auraient pu être mes petits-enfants si j'avais moi aussi connu la joie de la maternité, comme mes deux coépouses. Mon vécu a été partagé par mes six belles-sœurs dans tout le voisinage comme des arachides à un deuil[184], mais j'ai toujours gardé le silence. J'ai pincé ma langue et avalé les mots de ma bouche, comme dirait ma vieille grand-mère Ma'a Mbambè, décédée à Douala il y a très longtemps. Aujourd'hui, je vais m'adresser tout d'abord à toi, Tah Nkwa, parce que tu es mon époux et l'homme que j'ai suivi loin dans ce village des *Grassfields*[185] qui m'était alors étranger, à des centaines de kilomètres du mien, laissant derrière moi les membres de ma famille et les bancs d'école pour rester à tes côtés. Aujourd'hui, je vais parler longuement. Je te prie seulement, sans vouloir être irrespectueuse, de m'écouter sans m'interrompre. Écoute-moi attentivement, car jamais plus tu n'entendras le son de ma voix porter comme aujourd'hui. Ouvrez tous vos oreilles, vous qui êtes venus jusqu'ici me juger.

Il y a environ 40 ans de cela, j'étais élève en classe de Terminale quand mon chemin a croisé celui de l'homme que voici, Tah Nkwa, que vous connaissez tous dans ce village sous le nom de Sôp[186] Tahkou ou Papa Tah. Je me souviens encore très bien de cet après-midi-là, un après-midi pluvieux où je m'étais réfugiée à la sortie des cours chez Marie-Paule, une camarade du lycée, en attendant que le ciel s'éclaircisse. Là-bas, j'ai fait la connaissance d'un ami de son grand-frère, un jeune étudiant à la tête haute qui parlait avec beaucoup d'assurance et qui a commencé à me faire la cour : Tahkou Pierrick ou l'homme qui allait

[184] Allusion aux arachides souvent distribuées aux personnes présentes lors des cérémonies funèbres au Cameroun.

[185] Vaste région des Hauts Plateaux à l'ouest du Cameroun.

[186] Titre de notabilité.

devenir plus tard mon mari. Je tiens à vous dire qu'à l'époque où nous nous sommes connus, jamais un homme n'avait encore visité ma case, jamais un oiseau n'avait picoré les graines de mon champ. Que Tah Nkwa m'interrompe sur-le-champ si je dis des mensonges.

Pause. Silence.

J'ai aimé cet homme avec sincérité et j'ai été remplie de bonheur le jour où il m'a dit, en posant ses mains rassurantes sur les miennes: « Je veux que tu sois ma femme et la mère de mes enfants ». Sept mois plus tard, Papa Wanji – paix à l'âme de mon feu beau-père – est venu cogner à la porte de mes parents avec trois autres membres de sa famille et ils nous ont apporté quelques bouteilles de bière. Pendant qu'ils mangeaient les arachides grillées que ma mère leur a servies, l'un des quatre hommes s'est levé et il a exposé à mes parents la raison de leur visite. Il a dit qu'ils avaient aperçu une magnifique chèvre dans notre cour, une chèvre bien nourrie qu'il souhaitait ramener chez eux pour que leur fils, Tah Nkwa, continue d'en prendre soin comme mes parents l'avaient fait jusque-là. Mon père les a écoutés solennellement, puis quand ils sont partis, il m'a appelée et m'a demandé : *Bito, ma fille, veux-tu épouser cet homme ?* J'ai dit *oui* sans réfléchir. *L'aimes-tu?* J'ai dit *oui* sans réfléchir. *Penses-tu que tu seras heureuse avec lui*? J'ai dit *oui* sans réfléchir. *Es-tu certaine de bien le connaître?* J'ai hésité, j'ai réfléchi un instant et j'ai dit *oui*. J'ai répondu à toutes les questions de mon père avec l'innocence et l'enthousiasme d'une jeune femme qui vit sa première histoire d'amour. J'ai laissé parler mon cœur, tu le sais, Tah Nkwa. *Mè yap ntchî ah nî wou*[187]. J'ai mis mon cœur sur toi. Mais à présent, j'aimerais te demander…Toi qui as connu mon père, toi qui sais l'affection particulière qu'il me portait parmi sa progéniture, toi qui es devenu comme lui père de plusieurs enfants qui te sont chers, toi qui lui a

[187] La traduction française suit la phrase en Bamena.

promis de me protéger lorsqu'il m'a confiée à toi, que penses-tu que je répondrais aujourd'hui à mon père s'il était vivant et qu'il me posait les mêmes questions?

Pause. Silence.

Quelques jours avant notre mariage, tu m'as lâché la première bombe qui a failli faire éclater mon cœur en mille morceaux. Il n'avait jamais été question de polygamie entre nous, jamais. Tu as justifié ton choix en parlant des coutumes ancestrales, d'un précepte du Coran alors que tu n'es pas de confession musulmane et pour finir, de l'importance d'honorer le souhait de ton père, lui-même polygame et dignitaire de ton village. Ton père, m'as-tu dit, ne bénirait jamais notre union si tu t'engageais, toi le fils aîné et futur successeur de la famille, à ne prendre qu'une seule épouse. Tu as vite compris qu'il allait être difficile de me convaincre, alors tu as changé de discours. *Tout ce qu'on a à faire, c'est de signer polygamie devant le maire. Juste pour la forme. Je ne compte pas épouser une autre femme, Bito. Tu es celle avec qui je veux passer le restant de mes jours, mais il nous faut faire semblant devant mes parents pour qu'on nous colle la paix. Je le fais pour toi. Dans ma famille, la polygamie est vue d'un très bon œil. Avoir beaucoup de femmes et beaucoup d'enfants symbolisent la richesse, la puissance d'un homme. Si je m'engage à être monogame devant le maire, tu peux être certaine que ma mère cherchera une seconde épouse pour moi après quelques années d'union avec toi, Bito. Tu sais bien que maman est très conservatrice et qu'il était difficile pour elle d'accepter mon choix d'épouser une fille originaire d'un autre village, une fille issue d'une tribu étrangère, une fille nkwa*[188]*. Mais je ne m'inquiète plus beaucoup à ce sujet. Quand mes parents viendront porter notre septième ou huitième enfant chez nous, je suis sûr*

[188] Étranger(e) en pays Bamiléké. À ne pas confondre avec l'appellation Tah *Nkwa*, qui fait référence à un titre de civilité.

qu'ils finiront par nous laisser tranquilles avec cette histoire de famille nombreuse. Njuîh hà[189]*, ma femme, ma chérie coco à vie, fais-moi confiance je t'en prie. Tu sais que je veux faire de toi mon unique princesse.* Je n'étais pas du tout d'accord avec ta proposition, Tah Nkwa, mais je l'ai tout de même acceptée par amour et parce que je te faisais entièrement confiance. Tu parlais si bien, tu savais me flatter comme personne d'autre. As-tu respecté la promesse que tu m'avais faite il y a près de 40 ans? Suis-je l'unique femme que tu as prise pour épouse, comme tu me l'avais juré avant notre mariage sur tout ce que tu as de précieux?

Pause. Silence.

Peu de temps après le mariage, tu m'as annoncé qu'il nous fallait quitter précipitamment Douala pour nous installer dans ton village, ici à Pozou, où tu devais succéder à ton père gravement malade. *Je n'ai pas vraiment le choix, Bito. Je dois prendre mes responsabilités en tant que fils aîné et successeur de mon père. Il nous faut impérativement retourner au village pour prendre soin de lui. Il est à un stade avancé du cancer de la prostate et il ne veut pas passer ses derniers moments à Douala. Ses épouses passent plus de temps à lutter pour des choses inutiles qu'à s'occuper de lui. Il est encore en vie, mais elles l'ont déjà déclaré mort en se déchirant pour ses biens. Nous ne manquerons de rien là-bas, je te le promets. Mon père a beaucoup de biens à Pozou et dans les villages voisins : des terrains titrés que nous pourrions vendre, des auberges, des champs de tomates et d'arachides, des boutiques et des taxis.* Je m'y suis opposée, mais tu as été inflexible sur le sujet. Pourtant, tu savais très bien en m'épousant que j'ai toujours vécu à Douala, j'y suis née, j'y ai grandi et ma famille est originaire de là-bas. Tu savais aussi que j'étais à un tournant décisif de ma vie. J'avais toujours envisagé de poursuivre mes études à l'école de commerce du Centre

---

[189] La traduction française suit le terme en Bamena.

universitaire de Douala et j'avais tout ce qu'il fallait pour…Un brillant parcours au secondaire et un baccalauréat littéraire obtenu avec mention. J'ai essayé de te ramener à la raison en te rappelant qu'il n'y avait aucune université dans les environs de ton village à cette époque. Quitter Douala pour m'installer avec toi là-bas signifiait forcément abandonner mes projets d'études, sacrifier mes rêves de jeune fille. En revanche, ce n'était pas du tout pareil pour toi qui venais de terminer ta formation universitaire. Tu m'as alors mise face à deux choix difficiles : rester et t'oublier, ou alors partir et souffrir. Je suis partie avec regret et je n'ai jamais cessé, depuis le temps, de me demander ce qu'aurait été ma vie si j'avais choisi de rester. Je serais certainement restée si j'avais entrevu à ce moment-là le sort qui allait m'être réservé dans ce mariage. J'ai coulé tellement de larmes depuis notre rencontre qu'il ne m'en reste plus beaucoup pour honorer les défunts de ma famille. Tu n'as jamais réalisé à quel point les multiples décisions que tu as prises sans mon accord m'ont affectée. Tu ne pouvais d'ailleurs pas le voir parce que tu étais trop occupée à jouer à la perfection ton rôle d'aîné et de successeur de ta famille. Tu as choisi d'être un fils et un frère plus qu'un mari, Tah Nkwa. Tu as choisi ta famille, ton village, ta culture et tes rêves au détriment de notre amour. Mais tu as quand-même attendu de moi que je sacrifie tout ce que j'ai et même ce que je suis pour ton bonheur, n'est-ce pas? Parce que je suis née femme et que les choses devraient naturellement être ainsi?

Pause. Silence.

Tah Nkwa, Papa Tah, je vais à présent m'adresser à toi en ta qualité de père d'une grande famille et d'élite de ce village. Je sais que pour les dignitaires et les aînés qui assistent à cette réunion, tu n'es nul autre que Sôp Tahkou, l'un des notables les plus appréciés de Pozou. Pour les membres de ma belle-famille en revanche, tu es et resteras

Papa Tah, leur père. Oui, tu es une figure paternelle pour plusieurs, tu es le père que votre feu père a laissé quand il est allé rejoindre vos ancêtres. C'est toi que papa Wanji, mon beau-père, a désigné comme successeur de votre famille avant sa mort. C'est à toi qu'il incombe désormais de veiller sur les trois veuves qu'il a laissées et de prendre soin de sa progéniture dont tu fais toi-même partie. C'est à toi qu'il a confié la mission de gérer les innombrables parcelles de terre et les autres richesses qu'il a acquises à la sueur de son front. Tu es devenu, à la mort de papa Wanji, le père de tes quinze frères et sœurs que voici. Tant qu'un père vit, jamais on ne traitera ses enfants d'orphelins. Un père dévoué pour les tiens, tu l'es, Tah Nkwa. Un chef de famille pour les femmes et les enfants que tu as reçus en héritage, tu l'es, Tah Nkwa, sans que nul ne puisse te disputer ce rôle. Force et honneur à toi, car tu es non seulement le père d'une multitude, mais aussi un valeureux notable dans ton village. Ta renommée s'étend au-delà des collines de Pozou, de la vaste plaine de Houlap et de la rivière de Mbangwe. J'ai moi-même entendu les hommes d'ici – dignitaires ainsi que paysans – chanter tes louanges pour les bonnes actions que tu as accomplies dans la communauté et qu'on ne compte plus du fait de leur nombre. Il se raconte partout que Sa majesté le Chef, le vénéré Mbelong, n'a que ton nom à la bouche dans les assemblées. J'ai vu de mes propres yeux les femmes du village s'incliner avec respect pour te saluer, remuer le derrière à ton passage ou me regarder d'un œil envieux quand je suis à tes côtés, moi, Bito, ta première femme, qui suis pourtant la plus malheureuse d'entre toutes. Malheureuse parce que mes entrailles n'auront pas porté l'héritier qui te remplacera un jour; malheureuse parce que mon sein n'aura jamais allaité ta descendance; malheureuse parce que ni un cri, ni un rire, ni un murmure, ni un souffle d'enfant n'aura jamais troublé la tranquillité du toit où tu as couché chaque soir près de moi avant l'arrivée de Ma'a Té. Te souviens-tu du jour où Thérèse est arrivée dans notre foyer, le foyer que j'avais passé de longues années à bâtir et que ta famille a renversé avec ton accord? Comment penses-tu que je me suis sentie quand ta mère et tes sœurs m'ont annoncé que tu avais pris une seconde épouse sans me prévenir?

Pause. Silence.

Après cinq années de mariage sans enfant, cinq années de désillusion et de souffrance, ta mère m'a accusée un jour d'avoir apporté « la sècheresse » dans ta maison. Elle a regardé mon ventre et l'a pointé du doigt, avec une expression à peine dissimulée de déception et de dégoût, puis elle m'a dit les pires choses que l'on puisse dire à une femme qui a des difficultés à concevoir un enfant : *Bito, quand comptes-tu nous donner des enfants dans cette maison? J'ai de plus en plus l'impression que ce ventre ne s'arrondira jamais. Cela fait déjà cinq ans que vous êtes mariés, mais ton ventre reste toujours aussi plat qu'une planche à repasser. C'est ce qui arrive souvent quand on a passé son temps à jeter des enfants aux toilettes avant le mariage...J'espère que ce n'est pas ton cas. Ne me dis pas que tu es stérile! Sinon, comment peux-tu dormir dans la même chambre que ton mari pendant cinq ans de suite sans tomber enceinte? Moi j'ai conçu Tah Nkwa moins de trois mois après m'être mariée à son père. Est-ce que tu as mis du jujube et une tige fraîche de l'arbre de paix sous ton oreiller pendant 8 jours comme je t'avais demandé de le faire? Je t'ai pourtant expliqué que ça éloigne les mauvais esprits et les blocages du lit conjugal! Est-ce que tu as bu la décoction que je t'ai apportée le mois dernier ? C'est un mélange d'écorces et d'herbes qui nettoie les impuretés du corps pour faciliter la conception chez les femmes. Je suis allée loin dans la ville de Fo-Lekeu voir un Kamsi*[190] *dont une cousine m'a parlé pour obtenir cette décoction. Je t'ai dit de la boire tous les soirs avant de te coucher auprès de ton mari, mais tu ne m'écoutes pas. Tu n'écoutes personne et tu causes la sècheresse dans la maison de mon fils. Le Kamsi qui m'a donné cette bouteille pour toi a vu des jumeaux dans ton ventre, deux garçons qui seront de grands notables dans ce village. Mais comment veux-tu que cette prophétie se réalise si tu n'obéis même pas aux instructions d'un voyant-guérisseur? On n'est pas aussi têtue quand on est stérile, madame. C'est peut-être parce que tu es vraiment têtue que ton ventre s'est fermé.* Je n'ai rien répondu à ta mère ce jour-là. Ma douleur était trop forte, déchirante quoique muette, différente de ces douleurs expressives, ces douleurs urgentes qui demandent qu'on hurle, qu'on pleure, qu'on proteste pour se libérer de leur poids, ces douleurs vives qui finissent souvent par s'apaiser avec le temps. J'ai pris la ferme résolution après maintes humiliations de ne plus prêter attention aux paroles blessantes des membres de ta famille, d'ignorer les insultes et les coups bas de tes sœurs qui m'ont toujours traitée comme une étrangère dans ma propre maison. Elles m'ont rabaissée tant de fois sous tes yeux, elles ont colporté dans tout le village ce qui se passait dans mon foyer, elles ont affiché ouvertement leur mépris envers moi. *Papa Tah, notre grand-frère et père chéri, pourquoi laisses-tu une étrangère t'assister dans la gestion des biens de notre famille ? Pourquoi la couvres-tu de cadeaux et d'attention? Ne vois-tu pas qu'une femme nkwa***,** *une femme étrangère***,** *est en train de manger l'argent de notre père? Si encore elle nous avait donné des enfants! Mais elle est assise inutilement dans ta maison à ne rien faire et à prendre du poids chaque jour, au lieu d'assurer ta lignée en te donnant*

---

[190] Voyant, guérisseur, prophète ou messager divin dans la société Bamiléké.

des fils. Cela fera bientôt quinze ans que vous êtes mariés, mais les choses n'avancent pas dans ta vie. Quinze ans sans enfant! Quinze ans de vie à semer sur une terre infertile. N'es-tu pas fatigué d'attendre et de ne rien voir arriver? Elle t'a peut-être envouté, Papa Tah. Elle a sûrement mis du tobassi[191] *dans tes repas. Chasse-la vite de ta maison avant qu'il ne soit trop tard. Demain, je viendrai te rendre visite avec mon amie Thérèse, une jeune fille du village sans histoire et d'une beauté à couper le souffle. C'est la nièce du notable Meukep Kouatcho de la chefferie et maman l'aime beaucoup parce qu'elle est très respectueuse. C'est aussi l'une des meilleures cuisinières de Pozou, un véritable cordon bleu foncé.* Thérèse est venue, tu as vu, ta famille a vaincu…Au départ, tes frères ont fait semblant de me soutenir dans ma douleur. Ils sont venus plusieurs fois me consoler à l'arrivée de Thérèse et ils se sont excusés des agissements de leurs sœurs. Mais j'ai vite compris qu'ils essayaient de profiter de la situation pour se bourrer les poches. Après avoir vidé d'un trait les bouteilles de bière que je leur offrais chaque fois qu'ils me rendaient visite, ils me faisaient alors part d'un projet rentable à réaliser, d'une dette à rembourser ou des frais de scolarité impayés d'un de leurs enfants. Et une fois qu'ils avaient obtenu de moi l'aide financière qu'ils cherchaient, ils se dirigeaient aussitôt vers la maison de Thérèse, tout près de la mienne, et ils en ressortaient avec une autre enveloppe d'argent. L'arrivée de Thérèse, la jeune et belle Thérèse au champ fertile, a coïncidé avec ma déchéance. Les insultes se sont multipliées à mon endroit et j'ai perdu presque tous mes privilèges d'épouse du jour au lendemain. J'ai été traitée d'ingrate pour n'avoir pas littéralement baisé les pieds d'un homme – et qui plus est un Africain – ayant *supporté* mon infertilité pendant quinze ans. J'avais toujours cru qu'il était

[191] (En langue ewondo, camfr.) Charme ou philtre que l'on met dans les repas d'un homme pour l'envoûter.

naturel de se supporter l'un l'autre quand on s'aime et que cette épreuve nous concernait tous les deux. Mais j'ai finalement compris qu'aux yeux de la multitude, j'étais l'unique responsable de ce qui nous arrivait. C'est à la femme qu'il incombe de porter le fardeau de l'infertilité dans le couple, car c'est bien de ses entrailles que sort un enfant. Honte et déshonneur à celle qui ne peut pas concevoir, ou plutôt devrais-je dire à celle qui refuse de concevoir... Face à toute l'hostilité qui m'a été manifestée par notre entourage pendant ces longues années de martyre, j'ai fini par me demander si mon infertilité n'était pas un refus volontaire de ma part de concevoir un enfant...car s'il s'agit plutôt d'une incapacité à concevoir, comment expliquer alors que le monde me condamne pour une situation qui ne dépend pas de moi et qui me cause d'ailleurs plus de souffrance qu'à eux ? Pourquoi, Tah Nkwa, pourquoi ne m'as-tu jamais défendue quand les tiens m'ont accusée d'avoir fait plusieurs avortements dans ma jeunesse, d'être une sorcière qui mange ses enfants dans le ventre et d'être une source de malédiction dans ta maison ? Pourquoi n'as-tu pas revêtu le costume de mari dans notre foyer comme tu as toujours si bien porté celui de père et de notable devant les hommes?

Pause. Silence.

Tu as abandonné la femme de ta jeunesse à l'arrivée de Thérèse. Tu as oublié la route qui mène chez moi. Tu as cessé de manger les repas de ta première épouse. Tu as choisi d'honorer la table d'une femme de ton village, une femme capable de te préparer un délicieux *kondrè* de chèvre avec du plantain fondant, du bon *taro* à la sauce jaune et du *nkui* gluant à souhait avec du couscous de maïs. Je n'ai jamais vraiment excellé dans l'art de cuisiner les plats de ton village comme ta grand-mère, ta mère et tes sœurs savent le faire, n'est-ce pas? Je me suis contentée, toute étrangère que je suis, de t'aimer. *On ne mange pas l'amour,* *ma pauvre Bito, sinon ton mari aurait été rassasié…*J'ai commencé à vendre des légumes au marché et à cultiver la terre pour subvenir à mes besoins parce que je ne recevais quasiment plus rien de ta part. J'ai songé à retourner à Douala, mais j'avais trop honte d'affronter les critiques de ma famille qui me destinaient autrefois à de brillantes études universitaires et à un avenir prometteur. Quelquefois, j'ai espéré en secret que tu te souviendrais des promesses que tu m'avais faites aux premiers jours, que tu te lèverais contre tout ce monde qui m'opprimait. Mais c'était trop te demander…Défendre une femme étrangère, une femme *nkwa*, au risque de t'attirer les foudres de ta famille? Une étrangère incapable de te donner des enfants en plus! Tu as été moulé dans le vase du respect absolu des traditions et de la loyauté aveugle envers ceux de ton sang, fussent-ils injustes. La voix du sang est toujours la plus forte, n'est-ce pas? Au-dessus même de la vérité et de la justice. Elle a toujours régné sur toute autre forme d'amour que tu puisses ressentir, Tah Nkwa. Je l'ai malheureusement compris un peu tard. Malgré ma détresse et ma peine, j'ai continué à rester silencieuse, à accepter les injures sans broncher, à ignorer les moqueries de Thérèse, convaincue de ce que je ne pouvais me faire justice moi-même.

La pierre de Dieu écrase lentement. Connais-tu la signification de ce dicton, Ma'a Té ? Ô Thérèse, ma jeune coépouse qui s'est proclamée mon ennemie, si tu savais à quel point j'ai été attristée par ton vécu dans ce foyer, tu ne te serais peut-être jamais comportée en rivale avec moi. Mais tu n'as pas vraiment eu le choix, ils nous ont déclarées rivales dès le départ et ils ont jeté la division parmi nous pour mieux régner. Tu n'as pas vite compris Thérèse, tu as mis trop de temps à comprendre qu'il ne s'agissait pour eux que de servir leurs intérêts égoïstes. Que leur importe une étrangère, que leur importe les épouses de leur frère, que leur importe notre bonheur ou notre souffrance, nous ne sommes que des pions dans leur damier, des poules pondeuses destinées à agrandir la basse-cour familiale. Contrairement à ce que tu as pu penser, je ne t'en ai jamais vraiment voulu d'être arrivée dans mon foyer à un moment où je broyais du noir. J'étais juste une femme frustrée, perdue…éperdument amoureuse du même homme que toi. C'est à lui que j'en ai voulu de m'avoir trahie. Je m'en suis aussi terriblement voulu de mes propres choix. Tu n'as certainement pas été innocente dans les mille et une tribulations que j'ai vécues depuis ton arrivée ici, mais ce n'est pas toi qui m'as juré fidélité et loyauté avant le mariage, ce n'est pas toi qui m'as promis la lune le jour où j'ai quitté Douala à contre-cœur pour Pozou. Tu venais à peine de naître à cette époque-là. Je pleure ton sort, Ma'a Té, je pleure notre triste sort. Si j'avais accouché dans ma jeunesse, comme certaines camarades de classe l'ont fait pendant que nous étions encore sur les bancs d'école au Lycée des jeunes filles, cet enfant aurait à peu près ton âge aujourd'hui.

Je te revois encore à tes débuts en tant qu'épouse. Ton ventre a commencé à pousser dans les six mois qui ont suivi ton arrivée dans cette cour et tu as aussitôt gagné le respect de tous. Du moins, c'est ce qu'ils t'ont fait croire…Ils ne t'ont plus jamais appelée Thérèse. Tu es devenue Ma'a Té, la mère d'un enfant désiré, l'épouse fertile, la bru génitrice, la belle-sœur procréatrice, le symbole de l'espérance, l'accomplissement de la promesse même. Tu as commencé à m'éviter comme ils t'ont tous conseillé de le faire, de peur que je ne te jette un mauvais sort. Tu sortais uniquement quand j'étais partie au champ ou au marché. Tu envoyais les gamins du quartier au puits commun où toutes les femmes du voisinage vont puiser de l'eau et tu leur faisais jurer, après leur avoir remis quelques pièces d'argent, de ne surtout pas me laisser toucher à tes seaux d'eau. *Ne t'approche pas de ce seau s'il te plaît, m'a supplié un gamin de moins de dix ans un matin où je faisais tranquillement la queue au puits. C'est le seau de ta rivale et je ne veux pas avoir d'ennuis avec elle. Si elle apprend d'ailleurs que tu es venue ici en même temps que moi, elle va récupérer les 200 francs CFA qu'elle m'a donnés pour cette commission et je ne pourrai plus m'acheter des bonbons sifflets.* Eh! Bito, quelle honte! Perdre la face devant tous, y compris les jeunes enfants! Quel est donc mon crime? Y a-t-il une femme, parmi toutes celles de ce village, qui a passé un concours pour être mère ? Dites-le-moi et je ferai tout mon possible pour réussir ce concours moi aussi. Mais si c'est un don du ciel, si je n'ai pas choisi ma condition actuelle, pourquoi me condamnez-vous tous?

Je t'ai parfois vue depuis ma fenêtre, Ma'a Té, entrain de verser des graines de jujube, des gousses d'ail ou du sel le long du chemin qui sépare nos deux maisons, pour soi-disant chasser les ondes négatives et maintenir la paix dans ton foyer. J'ai été mise à l'écart comme une sorcière pendant tout le temps qu'a duré ta grossesse. Je ne me souviens même pas avoir aperçu l'ombre de Tah Nkwa aux alentours de ma maison. Quand tu as donné naissance à ton enfant, ça a été la déception générale dans le camp de tes prétendus alliés. Ils ont rejeté l'innocente petite fille noire à la peau blanche, aux magnifiques yeux marron-vert et aux cheveux roux que tu as porté neuf mois dans ton ventre. Ton procès a commencé dans ta chambre d'hôpital même, sur la table d'accouchement où tu venais de pousser ton bébé de toutes tes forces. *Non seulement tu accouches une fille après plus de quinze années d'attente, mais il faut en plus que ce soit une guinguérou*[192]*. Ha! Tah Nkwa n'a vraiment pas de chance avec ses épouses. La première n'accouche pas depuis qu'elle est arrivée dans cette famille et la seconde nous en fait maintenant voir de toutes les couleurs.*

---

[192] (Péjoratif, camfr.) Albinos.

Nous n'avons jamais eu d'enfant albinos dans notre famille, Ma'a Té, nous n'avons pas de guinguérou chez nous.

Tu as alors commencé à goûter à la même sauce que moi. Ils m'ont accordé un peu de répit et tu es devenue la principale cible de leurs critiques à la naissance de Blanche, ta fille aînée. Ils t'ont reproché de n'avoir pas mis au monde le fils héritier à la peau d'ébène qu'ils attendaient depuis longtemps, le successeur mâle qui allait sacrifier sa vie pour les intérêts de leur grande famille comme son père avant lui. Ils t'ont pressée de concevoir un autre enfant, une version miniature de leur frère et père chéri si tu ne voulais pas être remplacée par une autre femme. Huit mois plus tard, tu étais de nouveau enceinte et moi forcée de vivre en réclusion. Quand ton deuxième enfant est né, ça a été la goutte de trop pour eux... Encore une fille, *une fille de plus* malgré leurs injonctions, une pauvre enfant qui a dû ressentir toute la pression et la peine de celle qui la portait, une indésirée qui a entendu depuis le ventre maternel les innombrables menaces de ceux qui la voulaient garçon, une autre innocente que tu as bercée de tes silences et de tes larmes pendant ta grossesse. Elle s'est réfugiée dans le mutisme et la surdité dès le berceau. Ébène, ta deuxième fille, celle qui s'est qualifiée par sa couleur de peau mais pas par son sexe, est née sourde-muette. Ils t'ont aussitôt trouvé une remplaçante. Le nombril d'Ébène n'était pas encore tombé que Sidonie arrivait déjà dans notre cour. Au mois d'août l'année suivante, pendant la période des récoltes, chacune de vous a donné naissance à un garçon. Le fils de Ma'a Sido est né quelques jours avant le tien. Ils l'ont célébré avec tous les honneurs dus à un prince et ils l'ont appelé Désiré. Tu as nommé le tien Douleur.

Si tu avais compris leur jeu, tu ne m'aurais pas traitée avec tant de dureté, Ma'a Té. Je n'ai jamais été l'ennemie commune qu'il faut combattre pour vaincre; je ne suis qu'un moyen parmi tant d'autres de parvenir à leurs fins. Ce sont elles, les royales sœurs, qui font et défont les alliances avec chacune des épouses et entre les épouses de leur frère comme bon leur semble. Ce sont elles qui n'ont jamais voulu que nous nous entraidions. J'aurais pu vous aider, Ma'a Sido et toi, à prendre soin de vos enfants quand ils étaient plus jeunes, si vous aviez construit des ponts et non des murs entre nous. Il n'y a rien de plus blessant, pour une femme qui n'a pas d'enfant et qui en désire depuis longtemps, que de se voir privée du bonheur d'exprimer tout ce qu'il y a de maternel en elle : porter un bébé dans ses bras, aider à changer sa couche, lui donner des conseils comme une mère pendant qu'il grandit, lui offrir des cadeaux et le voir sourire…Je sais qu'il y a des coépouses sorcières dont il faut se méfier, mais je n'en suis pas une. Je ne suis pas la mangeuse d'enfants qu'ils t'ont fait croire que je suis, Ma'a Té. La véritable sorcière est une des leurs, celle qui sourit pour mieux tromper, celle qui fait semblant d'ouvrir les bras pour étouffer de son étreinte asphyxiante, la plus hypocrite et cruelle d'entre toutes, la sœur qui prête une oreille attentive aux plaintes des femmes du frère pour les relayer en faux-témoignages partout dans le village, celle qu'aucune de nous ne craignait au départ parce qu'elle semblait ouverte et compréhensive, la gagneuse de confiance qui s'est transformée en serpent à deux têtes, la traitresse au cœur double que nous avions cru être une amie mais qui était en vérité la plus dangereuse du clan, la plus conservatrice et la moins indulgente, celle que tu appelais respectueusement Maman Aimée et que tu prenais pour une grande sœur, c'est elle qui nous a vilipendées chez tous les habitants de Pozou, c'est elle qui est allée chercher Ma'a Sidonie pour te remplacer, c'est elle qui m'a poignardée dans le dos en planifiant chaque détail de cette réunion où je comparais devant vous en tant qu'accusée. Sais-tu pourquoi je suis la plus critiquée des épouses de Tah

Nkwa ? Ce n'est pas juste une question d'enfant ou de succession. Non. La réalité, c'est qu'ils ne m'ont jamais aimée parce que je suis étrangère et plus éduquée que certains d'entre eux. Mon discours les a tellement dérangés quand je suis arrivée ici qu'ils ont décidé de me faire taire par tous les moyens. Ils m'ont isolée comme si j'étais atteinte d'une maladie contagieuse parce qu'ils voulaient s'assurer que personne n'ouvre les yeux sur les vérités que je répands de ma bouche. Mes paroles sont gênantes, choquantes mais véridiques. Elles sont irritantes car elles peuvent être porteuses d'un vent qui ravage tout sur son passage, un vent difficile à stopper dans son mouvement, un vent qu'ils ne veulent surtout pas voir souffler sur les toits de cette cour, un vent d'émancipation qui peut conduire la personne nouvellement illuminée à la rébellion.

Maintenant que je me suis libérée en exposant les pensées enterrées dans mon cœur depuis des décennies, il y a une dernière chose que je veux dire. Tah Nkwa, mon message de la fin est pour toi. Toi qui as agi avec lâcheté dans ce mariage au nom de la tradition et qui n'as jamais apporté protection à la femme de ta première alliance, toi qui n'as pas su être un mari et qui t'es contenté d'être un notable pour ceux de ton village ainsi qu'un père de famille pour ceux de ton sang, toi qui as encouragé les tiens à manquer de respect à tes épouses au point où l'une de tes sœurs, la jeune Sorelle, la plus insolente et capricieuse du clan des royales, s'est permis de couvrir ma coépouse enceinte des insultes les plus vulgaires qui existent sous ton regard complice, toi qui traites les femmes de ton sang comme des reines et celles de ta maison comme des esclaves, toi qui as oublié qu'un père t'a un jour confié sa fille qu'il aime du même amour que tu éprouves toi aussi pour tes enfants, j'aimerais te parler en ta langue maternelle, celle que tu comprends mieux que toutes les langues, pour te redire cette phrase que tu m'as martelée au début de notre union, avant que je ne découvre ton vrai visage, quand tu m'accusais d'égoïsme envers ta famille parce que je n'acceptais pas leurs comportements injustes. *Mēuu kôk fèhli mba'h tchouni lè*[193]. Il faut aimer son prochain comme soi-même. Ton prochain, c'est aussi ton épouse. Ton prochain, c'est d'abord celle qui partage le même lit que toi. Ton prochain, c'est l'étrangère qui a laissé sa famille pour te suivre dans ton village. Ton prochain, c'est la fille et la sœur d'autrui qui n'est pas originellement de ta famille, mais qui le devient en t'épousant. Ton prochain, c'est moi.

Je t'ai tout donné au départ sans calculer et tu m'as remerciée en m'humiliant pour satisfaire les désirs de ceux de ton clan. Tu me diras sans doute que je ne t'ai pas fait d'enfant, mais tu te trompes là-dessus, Tah Nkwa. Aujourd'hui, je peux affirmer devant tout le monde que c'est toi qui ne m'as pas fait d'enfant. Tu n'as certainement pas oublié qu'un jour, peu avant l'arrivée de Ma'a Té dans cette cour, nous sommes allés à Douala rencontrer un docteur pour lui faire part de mes problèmes d'infertilité et tenter d'y trouver une solution. Nous avons été soumis à plusieurs tests dans cette clinique et nous sommes rentrés au village en attendant les résultats. Dans les jours qui suivaient, Ma'a Té s'est installée dans cette cour et nous ne sommes jamais retournés ensemble voir ce docteur. Ensuite, ma jeune coépouse est tombée enceinte de toi et j'ai oublié toute cette histoire de bilan d'infertilité. Entre-temps, il y a eu Blanche, Ébène, Désiré, Douleur et les trois autres. C'est seulement dans les mois qui précédaient la naissance de Clément, ton dernier-né, que j'ai commencé à me poser beaucoup de questions et à avoir des doutes concernant l'une de mes coépouses. J'étais éveillée dans ma chambre tard dans la nuit et je m'apprêtais à éteindre ma

---

193 La traduction française suit la phrase en Bamena.

lampe-tempête pour dormir quand j'ai entendu le bruit d'une porte qui grince dehors. J'ai regardé par la fenêtre et j'ai vu Nganso, l'un des jeunes serviteurs de Sa Majesté le Chef, sortir de la maison de Ma'a Sido sur la plante des pieds, aux alentours de 2h du matin. J'ai veillé la nuit suivante et j'ai encore aperçu sa silhouette se faufiler par la fenêtre de la chambre de ma coépouse vers 1h du matin. Quand le petit Clément est né et que j'ai vu son visage pour la première fois, il m'a semblé qu'il ressemblait curieusement au jeune Nganso. Plus Clément grandissait, plus ses traits se précisaient. Son visage allongé, son front plat, son nez proéminent, son teint clair…Il ressemblait de toute évidence beaucoup plus au serviteur du Chef qu'à toi. J'ai mené ma petite enquête et j'ai découvert que tous les mois, ma seconde coépouse emmenait en cachette ses quatre enfants saluer *Papa Nganso*. J'ai suivi Ma'a Sido à son insu pendant une année entière et j'ai alors fait une autre découverte plus étonnante en chemin. Je me suis perdue dans un quartier éloigné d'ici, du côté de Foplouh, et en voulant revenir sur mes pas, je suis tombée sur mon autre coépouse, ta deuxième femme, qui discutait en tête-à-tête avec *Bon Blanc* dans un bar. Oui, tu as bien entendu, je parle de l'homme aux tâches de rousseur, au crâne chauve, à la peau très claire couverte de croûtes brunes et aux yeux marron-vert que vous avez surnommé *Bon Blanc*[194], le paria atteint de strabisme qui louche terriblement d'un œil et dont tout le monde se moque dans ce village. C'est bien lui que j'ai vu, avec mes deux yeux que voici, prenant du bon temps avec Ma'a Té. J'ai longuement réfléchi à tout cela et j'ai décidé, pour en avoir le cœur net, de retourner à la Clinique de l'Odyssée, celle où nous étions partis consulter un docteur au sujet de mon infertilité il y a très longtemps. J'ai appris que le vieux docteur qui nous avait reçu jadis était

[194] (Péjoratif, camfr.) Albinos; personne à la peau très claire porteuse du gène responsable de l'albinisme.

mort neuf ans plus tôt et que son fils aîné lui avait succédé à la tête de l'établissement. Le fils est allé lui-même fouiller dans les archives de l'hôpital et il m'a apporté le bilan d'infertilité que nous ne sommes jamais allés récupérer là-bas. J'ai pleuré à la lecture des résultats de ce bilan. J'ai pleuré mon honneur sali, mon nom traîné dans la boue pour avoir été une épouse fidèle et intègre. Je suis rentrée tranquillement au village et je n'ai parlé à personne de tous ces évènements. Je suis restée la spectatrice que tu as toujours voulu que je sois dans notre foyer : une femme avec une bouche qui ne se plaint pas, des yeux qui ne voient pas les injustices et des oreilles qui n'entendent rien. J'ai continué d'assister sans broncher à la comédie d'intrigue qui se déroule dans notre cour. Je n'ai qu'un seul regret, celui d'avoir vécu toutes ces années dans l'ignorance. Mon véritable péché, c'est de t'avoir sincèrement aimé, Tah Nkwa. Maintenant, à toi et à tous ceux que j'entends murmurer dans l'assemblée, à ceux qui m'ont convoquée ici pour me faire un procès en sorcellerie et me condamner, à ceux qui me critiquent et qui sont venus me voir plier le genou en pleurant, à ceux qui se sentent offensés par mon témoignage pourtant véridique et mon cri de douleur, je n'ai qu'une réponse pour vous. *Mèh kà'h tchôh*[195]. Je m'en fous.

Hommage à la délaissée, maintes fois humiliée et moquée, qui attend désespérément le miracle de la vie dans un foyer chancelant, où l'impatience et l'intolérance ont pris le dessus sur l'amour.
Hommage à la rejetée et incomprise qui a quitté sa famille pour une famille qui ne lui a jamais ouvert les bras.
Hommage à l'éplorée qui porte péniblement le deuil d'un époux et qui doit subir des pratiques humiliantes au nom de la tradition.

---

[195] La traduction française suit la phrase en Bamena.

Hommage à l'innocente qui se voit forcée d'abandonner ses rêves de jeunesse pour épouser un homme qu'elle aurait pu appeler papa.
Hommage à toutes celles qui ont été maltraitées, muselées, mutilées, violées, séquestrées, froissées, piétinées, frappées, émiettées, diffamées, mal aimées, affligées, moquées, souillées, abandonnées, dupées, mal jugées, brisées, tuées...
Hommage à toutes les femmes blessées qui se reconstruisent.

LA GRANDE QUÊTE

D'abord, c'était la colonisation. À défaut d'être une entreprise louable, reconnaissons-lui au moins le mérite de s'être déclarée officiellement. Certains enjeux se sont vite imposés à nous – l'Afrique ne progresserait pas tant qu'elle ne se débarrasserait pas d'un puissant collège d'assiégeants aux préoccupations essentiellement mercantiles. Un pas en arrière pour eux, un pas en avant pour l'Afrique, et ce fût le colonialisme courtois – vulgairement appelé néocolonialisme – dans toute l'expression de sa perfidie, avec ses structures auto-légitimées de pillage organisé, ses transferts massifs de richesses du public vers le privé, ses discours démago-humanitaires et pseudo-démocratiques, ses accords de coopération bilatéraux en théorie mais unilatéraux en pratique, ses stratégies d'arrimage de la monnaie régionale à la monnaie étrangère, son cortège de dirigeants corrompus, et j'en passe. Nous n'en sommes pas encore venus à bout, mais les consciences s'éveillent progressivement et la situation n'est plus ce qu'elle était dans le temps. Autrefois, c'était la colonisation. Puis, le néocolonialisme. Et aujourd'hui, un ennemi plus inquiétant a surgi parmi nous. Un ennemi du progrès aussi redoutable que les précédents. L'ennemi, ce n'est pas Dieu lui-même, qu'ils comprennent à leur manière. L'ennemi, ce n'est pas l'église en elle-même, qui est une communauté de gens imparfaits. L'ennemi, c'est cette tendance vicieuse à la manipulation spirituelle, à l'endoctrinement aveugle, à la torture religieuse, au dogmatisme oppressif, à la normalisation du sectarisme, à l'apologie du combat perpétuel contre la sorcellerie, à la complaisance dans le manque par méconnaissance des préceptes religieux, à la régression intellectuelle, à la pauvreté d'âme, à la glorification de la souffrance et à tous les maux qui colonisent la conscience d'une partie des masses et des aliénés depuis la vague de démocratisation des années 1990.

La vérité libère l'homme ignorant de ses chaînes, de l'obscurité et du mensonge. Elle n'asservit pas, elle n'aveugle pas et elle ne déshumanise pas.

-Pour entrer dans tes bénédictions, ma fille…pour que tu vois les prophéties que je t'ai annoncées s'accomplir dans ta vie…pour que ta guérison intérieure soit effective et que ton âme soit restaurée…pour que la faveur soit ton partage et que l'abondance t'accompagne tout au long de cette nouvelle année qui commence…pour que le mari de ta destinée te localise sans difficulté et que les portes d'un nouveau travail s'ouvrent à toi…tu devras faire aujourd'hui une offrande sacrificielle qui honorera véritablement ton père dans les cieux et ton père spirituel que je suis. Je parle, ma fille Nelly, d'un don en argent qui te demandera un gros effort, mais qui viendra débloquer, par la puissance de la foi qui t'anime, toutes les portes du succès que les sorciers de ton village ont tenté de fermer sur ta route…Hum…Ma vision devient plus claire…Tu devras faire un don en espèces dans cette église, un don de 300.005 francs CFA exactement…vingt-cinq billets de 10.000 francs CFA, qui témoignent de ta gratitude pour tes vingt-cinq années de vie sur terre…sept billets de 5.000 francs CFA, qui symbolisent la perfection…quinze billets de 1.000 francs CFA, qui représentent les quinze années de prospérité que la providence te réservera si tu obéis…et une pièce de 5 francs CFA, qui symbolise la multiplication des 5 pains dans les Écritures…Hum…Voici ce que je reçois également pour toi…Il te faudra absolument remettre ce don avant dimanche prochain au serviteur de Dieu que je suis, dans une enveloppe blanche immaculée que tu laisseras ouverte…Tu glisseras d'abord l'argent à l'intérieur de l'enveloppe, puis une feuille de papier blanc sur laquelle figure toutes les choses que tu veux voir arriver dans ta vie pour cette nouvelle année. Je me chargerai ensuite de faire des prières de feu pour toi, des prières qui feront trembler le monde des ténèbres et qui renverseront les plans de l'ennemi contre ta percée. Amen?

– Amen!

L'accord entre le prédicateur et son auditrice venait d'être scellé la première semaine du nouvel an, sur la petite estrade en bois d'acajou du Ministère de la Très Glorieuse Gloire Céleste à Bépanda Yonyon. On pouvait entendre le bruit des vieux ventilateurs de plafond aux hélices poussiéreux qui brassaient avec difficulté l'air des lieux. Quelques heures plus tôt, au même endroit, la cellule de prière hebdomadaire à laquelle Nelly prenait part tous les mercredis soir s'était déroulée sans encombre. Mais contrairement à son habitude, la jeune chantre n'était pas rentrée avec les frères et sœurs de l'équipe de louange. Elle était restée pour une rencontre prévue avec son père spirituel, qui venait tout juste de lui révéler la vision qu'il avait reçue de Dieu pour elle. Loin de l'apaiser, cette vision avait plongé la croyante dans la confusion totale. Un don de 300.005 francs CFA…avant le prochain dimanche…alors que la semaine précédente, elle avait payé sa dîme et donné une offrande considérable à l'église pour les fêtes de fin d'année. Comment allait-elle se débrouiller pour trouver autant d'argent dans sa situation actuelle et en si peu de temps? Était-il vraiment possible que le Dieu de miséricorde ordonne un tel sacrifice de la part d'une brebis en difficulté? Une mère seule qui a deux enfants à charge, qui touche à peine 185.000 francs CFA de salaire mensuel et qui vient justement d'être licenciée de la microfinance en crise qui l'employait avant sa mise en liquidation par la COBAC[196]?

Le Grand Apôtre des Nations, de son vrai nom Dieudonné Mallah, se tut pendant un long moment tout en gardant les yeux fermés, les sourcils froncés et les lèvres pincées dans une expression faciale qui évoquait quelque chose de mélodramatique. Ses doigts longs et charnus, dont la peau des phalanges extrêmement noircie avait plus d'une fois capturé le regard d'un fidèle pendant une prédication, se refermèrent avec fermeté autour des petits doigts fins de Nelly. C'était un homme qui transpirait abondamment et dont l'attitude parfois extravagante derrière le pupitre, qui combinait cabrioles, pirouettes, sautillements et pas de danse durant ses prédications, ne faisait rien pour arranger les choses. Il s'était mis à genoux pour prier avec la jeune fidèle en larmes qui avait perdu son emploi la veille et quand ils se relevèrent tous les deux, la taille particulièrement imposante et le ventre bedonnant de l'Apôtre la firent paraître minuscule à côté de lui. Le Grand Apôtre des Nations, l'homme qui attirait des foules durant ses croisades d'évangélisation dans les quartiers populeux de Douala, se définissait d'ailleurs lui-même comme un *titan*, par l'apparence et par l'esprit.

– Ma fille Nelly, je t'aime beaucoup et je prie tous les jours pour toi. Tu es une femme au grand cœur et une chantre exceptionnelle, en plus d'être une servante dévouée aux bonnes œuvres. J'ai beaucoup d'enfants spirituels ici à Douala, à Yaoundé, à Limbé, à Libreville, à Abidjan, à Prétoria, à Paris, à Londres, à Montréal, à New-York, partout dans le monde…mais tu es la plus obéissante parmi tous. Essuie tes larmes, mon enfant. Je suis très fier de toi. Je ne te l'ai jamais dit parce que je ne veux pas créer de

[196] Commission bancaire de l'Afrique centrale, chargée de superviser les établissements de crédit et de microfinance de la zone CEMAC (Communauté économique et monétaire de l'Afrique centrale).

jalousie entre les fidèles, mais il n'y a personne d'aussi charitable que toi dans ce Ministère. Je suis sûr que grâce à toi, nous réaliserons le projet d'achat d'un nouveau véhicule pour votre humble pasteur que je suis. Merci de participer généreusement à la grande quête organisée par notre église à cet effet. C'est Dieu lui-même qui te récompensera pour tes sacrifices. Tu souffres peut-être aujourd'hui, mais tu connaitras bientôt la joie parfaite si tu continues de livrer le bon combat. Souviens-toi toujours des paroles de Paul de Tarse, qui disait aux croyants de Rome que les souffrances du temps présent sont insignifiantes, comparées à la gloire qui sera un jour révélée à ceux qui persévèrent dans les voies du Tout-Puissant. Ta place là-haut est déjà garantie par tes bonnes actions, ma fille. Tu es l'un des vases les plus honorables de la maison de notre Père. Ces confidences que je te fais, tu ne dois les partager avec personne dans cette église. Sinon, certains d'entre eux diront encore que je suis injuste, en oubliant que seul Dieu est véritablement juste. Je suis très heureux d'être ton père spirituel et j'ai l'intime conviction que le Ciel t'a envoyée dans ma vie pour bénir ce Ministère, mais aussi pour essuyer les larmes de déception que j'ai versées depuis le départ de ces infidèles au cœur noir et rebelle. Je prédis une fin lamentable à ces brebis galeuses, qui ont voulu semer la discorde dans la bergerie de notre Papa. La malédiction viendra frapper à leur porte et ils seront punis. Des ingrats auxquels j'ai tout donné…Une bande d'infidèles qui a délaissé notre église pour une affaire de dîmes et d'offrandes qu'ils ont montée de toutes pièces, une histoire rocambolesque inventée pour salir ma réputation. J'espère que tu es suffisamment sage pour ne pas écouter les mensonges qu'ils racontent à mon sujet. Le Pasteur Ayuk de *Gethsemane Church* m'a dit que ces gens me calomnient dans toutes les églises de Bépanda et même des quartiers voisins. Ne te comporte jamais comme eux, Sœur Nelly.

Reste obéissante. On ne s'attaque pas à un homme de Dieu de mon grade spirituel sans être puni.

L'Apôtre bomba le torse et se tapa la poitrine avec fierté. Gênée par sa réaction et ses propos qui lui semblaient un peu excessifs, Nelly profita d'un interstice de silence pour prendre congé de lui. Quand elle était arrivée dans cette église deux ans plus tôt avec Patrick, son ex-mari qui l'avait quittée à la naissance de leur deuxième enfant, elle avait été accueillie par les Pasteurs Jacques et Angèle. Le jeune couple de pasteurs adjoints étaient alors responsables de la relation d'aide et du conseil conjugal au sein du Ministère. Tout allait de travers dans sa relation avec Patrick et une collègue de travail, qui avait vécu une situation semblable dans son foyer, avait suggéré à Nelly de venir à son église.

-J'ai parlé de ta situation au Pasteur adjoint de mon église et à son épouse dimanche dernier, lui avait dit Astrid. C'est un jeune couple dévoué au service des fidèles, qui a reçu un appel divin pour le suivi conjugal. Ils sont d'accord pour travailler avec Patrick et toi si vous le souhaitez. Tu ne perds rien à essayer, Nelly. Discute de tout ça avec ton homme et laisse-moi savoir si vous êtes tous les deux partants.

Refroidie par les histoires abracadabrantes de sorcellerie, d'escroquerie, de trahison, de manipulation et d'autres vices similaires qu'elle avait entendues sur les nouvelles églises, Nelly avait initialement rejeté la proposition de sa collègue. Certes, elle était consciente que ces églises ne rentraient pas toutes dans le même lot et qu'il y en avait sûrement de bonnes, mais elle ne voulait pas être de ceux qui explorent les multiples allées du labyrinthe en espérant trouver la bonne issue. Les églises du renouveau étaient réputées à travers la ville pour être des lieux d'accueil par excellence du désespoir social, du célibat longue durée, du chômage, de la détresse et de toutes les insuffisances qui trouvent consolation dans un certain fondamentalisme religieux, plutôt que de faire face aux dures réalités de la vie. Par ailleurs, comme elle l'avait expliqué à Astrid, elle n'était pas très emballée à l'idée de discuter des détails personnels de sa vie de couple avec des gens qu'elle ne connaissait pas. Quand elle était rentrée chez elle ce jour-là, pour meubler le silence pesant de leur petit appartement de la Cité SIC[197] et faire la conversation pendant le repas, elle avait rapporté à Patrick les paroles d'Astrid. Grande avait été la surprise de Nelly de voir une lueur d'intérêt s'allumer dans le regard de son mari. Il avait commencé à lui poser des questions sur cette église et sur le suivi conjugal qu'ils offraient. Elle avait alors compris qu'il cherchait lui aussi une solution à la crise conjugale que leur couple traversait depuis un moment. Une solution qui rétablirait enfin la paix dans leur foyer…n'importe laquelle…tant qu'ils ne se compromettaient pas.

– Allô Astrid, tu vas bien? … Bonne nouvelle : Patrick est d'accord pour qu'on rencontre le couple de pasteurs dont tu m'as parlé.

Le rendez-vous avec le Pasteur Jacques et son épouse avait été fixé le week-end de la semaine suivante. Au premier contact, ils s'étaient tous les deux montrés gentils et attentionnés envers le jeune couple en difficulté. Le Pasteur Angèle, un petit bout de femme toujours souriante, s'était rapprochée de Nelly et elle avait proposé à celle-ci de faire avec elle une cure d'âme pour l'aider à guérir de toutes les blessures, disait-elle, qui intoxiquaient son être intérieur. Nelly n'avait pas pour habitude de s'ouvrir facilement aux autres sans prendre le temps de mieux les

---

[197] Quartier de Douala composé de vieux immeubles de type HLM répartis en blocs et relativement mal entretenus. Ce projet de développement urbain et immobilier a été réalisé par la Société Immobilière du Cameroun (SIC). Les immeubles de la Cité SIC font l'objet de nombreuses critiques portant sur leur insalubrité et leur décrépitude.

connaître, mais quand on est désespéré et qu'on veut à tout prix trouver des solutions à nos problèmes, il arrive qu'on pose des actions contraires à nos propres valeurs. Nelly avait donc accepté de se confier au Pasteur Angèle durant les premières semaines d'échanges. Patrick, qui était de nature méfiante, avait mis plus de temps à se familiariser avec le Pasteur Jacques. Mais la patience de ce dernier avait fini par le mettre en confiance et il avait également accepté de se dévoiler. La première fois que le couple pastoral leur avait rendu visite chez eux, ils avaient fait si bonne impression à la mère de Nelly que cette dernière avait encouragé son gendre et sa fille à rejoindre leur église. Ils étaient arrivés dans la vie de Nelly et Patrick à un moment crucial où les jeunes époux vivaient une période de haute turbulence dans leur relation conjugale. Après deux ans d'incompréhension, de cris, de larmes, d'insultes, de disputes liées à la belle-famille et de multiples interventions de tierces personnes qui n'avaient fait qu'empirer les choses, la coupe était pleine et l'un d'eux avait fini par prononcer le mot tabou. C'était elle, Nelly, qui avait laissé échapper ce mot honteux, ce mot étranger, ce mot gênant, ce mot ignoble, ce mot frappé d'interdit culturel qui s'était insinué dans leurs pensées, mais qu'ils se refusaient à prononcer pour ne pas choquer leur entourage. Elle avait fini par aborder la question du divorce avec Patrick.

– Patrick, il est évident que les choses ne fonctionnent pas du tout dans ce mariage. Nous devrions peut-être songer au divorce.

Patrick avait écarquillé les yeux de stupéfaction, comme si elle venait de commettre une transgression. Et pourtant, elle était certaine qu'il y avait pensé lui aussi, sauf qu'il avait trop peur du *qu'en dira-t-on.*

– Tu es devenue folle, Nelly? Reviens sur terre, s'il te plaît. Nous ne sommes pas en Occident ici. Que diraient nos parents s'ils t'entendaient? On pourrait peut-être essayer une thérapie de couple ou quelque chose dans ce genre, mais le divorce n'est pas une option. Nous nous sommes mariés pour le meilleur et pour le pire.

Les six premiers mois de suivi conjugal avaient permis à Nelly de relever certaines bourdes du couple pastoral, qu'elle avait initialement considérées comme des maladresses. Personne n'est parfait, se disait-elle pour ne pas porter de jugement hâtif. En gros, le Pasteur Angèle avait partagé avec Patrick les secrets que lui avaient confiés Nelly durant les séances de cure d'âme. Les paroles de Nelly, y compris ses plaintes, ses manquements et ses craintes, avaient été relayées fidèlement à Patrick. Similairement, le Pasteur Jacques avait traité Nelly avec dureté sur la base d'une accusation de Patrick, sans demander au préalable à l'épouse sa version des faits. Prenant parti pour le mari dans l'affaire en question, l'homme de Dieu avait fait à Nelly une remarque acerbe devant d'autres fidèles, qui n'étaient pas censés être au courant des problèmes conjugaux pour lesquels Patrick et elle recevaient un suivi. Pour appuyer sa remarque, le Pasteur Jacques s'était lancé dans un interminable sermon sur le pardon, sur l'obéissance et sur le respect dans le couple. Elle avait eu le sentiment, à l'entendre parler, que ces trois vertus étaient plus du ressort d'une femme que de son mari. Par ailleurs, le couple pastoral avait aussi cette fâcheuse tendance à mélanger les patates et les macabos ensemble, pour ne pas dire à faire des amalgames.

– Si nous avons pu nous pardonner nos erreurs, alors vous pouvez aussi le faire. Si nous avons réussi… Si nous sommes capables… Si nous…

Toutes les difficultés conjugales semblaient être banales, se ressembler et se résoudre de la façon dont ils les avaient résolues dans leur propre couple. Du moins, c'est ce qui transparaissait dans leurs arguments relativement simplistes. Nelly avait également constaté qu'ils avaient tendance à mettre plus l'accent sur la nature pécheresse de l'homme que sur la grâce divine. Une fois qu'on marchait dans les voies de Dieu, à les en croire, on devenait une sorte de martyr condamné à lutter contre la chair pour éviter de finir en enfer. L'enfer était d'ailleurs omniprésent dans leur discours. La moindre erreur était susceptible de mener la personne égarée droit en enfer : le manque de pardon, le divorce, le mensonge, la colère et surtout, le péché originel qui avait corrompu l'âme de Nelly selon les dires du Pasteur Angèle, celui qui lui avait valu plusieurs séances de délivrance à l'église, celui qui avait conduit à la chute d'Adam et Ève à la création du monde, celui qui avait retardé l'entrée en terre promise des élus, à savoir la désobéissance.

– Nelly, tu n'obéis pas à la volonté de Dieu et tu ne respectes pas ton mari, répétait sans cesse le Pasteur Angèle.

Peu importait les fautes de Patrick, Nelly était accusée d'être l'unique coupable. Parce que le mari faisait bonne figure devant eux en participant aux diverses activités qu'ils organisaient à l'église, en payant sa dîme et en répondant favorablement à leurs nombreuses requêtes qui demandaient parfois qu'il délaisse son foyer, il était devenu le parfait fidèle. Leurs intérêts personnels semblaient décidément avoir pris le dessus sur le vrai et le juste proclamés dans les Saintes Écritures. Patrick profitait d'ailleurs bien de sa position privilégiée auprès des Pasteurs adjoints pour s'autoriser des écarts de conduite. Il savait d'ores et déjà qu'ils lui trouveraient des circonstances atténuantes à chaque fois. La jeune croyante avait la nette impression que pour son mari, être en odeur de sainteté avec les hommes de Dieu équivalait à être en accord avec Dieu. Une fois, le couple pastoral avait été témoin d'une crise de violence de Patrick durant laquelle il avait lancé des objets en direction de son épouse, mais ils avaient essayé de convaincre Nelly que la réaction de Patrick était justifiée.

– Nelly, tu n'es pas soumise. Demande-lui pardon pour ton manque de respect.

Ils étaient également présents le dimanche où Patrick était arrivé à l'église seul dans sa Peugeot 307, après une dispute avec Nelly, qui avait été contrainte de le rejoindre en taxi sous une pluie battante. Ils avaient une fois de plus rendu le verdict habituel : Nelly avait manqué de respect à son mari à leur domicile, mais fidèle à ses engagements envers Dieu, Patrick était venu à l'église en laissant l'épouse irrespectueuse derrière lui.

De manière subtile, les pasteurs avaient commencé à s'ingérer dans la vie du couple en difficulté. Prenant pour prétexte la désobéissance de Nelly et son statut de « bébé spirituel dans la foi », ils s'étaient arrogé le droit d'orienter l'ensemble de leurs décisions de couple. Pendant la période des grandes vacances, sans consulter Nelly, ils avaient décidé d'organiser une fête surprise à l'occasion de l'anniversaire de Patrick. Ils avaient d'ailleurs associé l'épouse comme on associerait une amie, lui expliquant le rôle qui lui avait été assigné pour l'évènement. Pire encore, ils avaient invité des amis de Patrick avec lesquels Nelly ne s'entendait pas sans lui demander son accord. C'était d'ailleurs le Pasteur Angèle qui s'était chargée de la décoration de l'appartement de Nelly et du menu pour l'évènement. Nelly sentait bien que quelque chose clochait dans leurs comportements, mais Patrick ne voyait pas les choses ainsi et le fossé continuait de se creuser de jour en jour entre eux. Pour jeter de la poudre aux yeux de la jeune femme, qu'ils savaient plus clairvoyante que son mari, le couple pastoral multipliait les cadeaux envers eux. Curieusement, ils ne célébraient que les dates importantes pour Patrick : son anniversaire, sa dernière promotion au travail, l'achat de sa nouvelle voiture, etc. Jamais ils ne se souvenaient des dates importantes pour Nelly.

Ensuite, elle avait dû subir des appels téléphoniques tardifs durant la semaine. Ils appelaient régulièrement le mari après 9h du soir pour faire des prières, auxquelles la femme n'était généralement pas conviée. Patrick s'isolait d'ailleurs pour faire ces prières et dès qu'il entendait sa femme approcher, il se taisait aussitôt. Un soir, en rentrant du travail, Nelly avait trouvé un bout de papier qui traînait sur le bureau de son mari. C'était un message écrit à la main par le Pasteur Angèle, dont elle avait reconnu l'écriture anguleuse : « Nelly ne t'a pas épousé pour servir Dieu. Médite là-dessus et concentre-toi sur ta mission ».

La goutte de trop pour Nelly avait été le désaccord entre l'Apôtre et ses deux adjoints. Le Pasteur Angèle et son mari avaient encouragé les fidèles à se rebeller contre le Grand Apôtre des Nations, qu'ils accusaient d'utiliser les dîmes et les offrandes du Ministère à ses propres fins. Sous leurs directives, une partie des fidèles s'était liguée contre l'Apôtre, menaçant de quitter l'église s'il ne leur fournissait pas le rapport financier de l'année précédente. Certains d'entre eux avaient décidé, pour manifester leur désaccord, de boycotter la quête du dimanche matin. D'autres avaient préféré boycotter les cellules de prière en semaine. Les accusations à l'endroit du principal dirigeant du Ministère s'étaient mises à pleuvoir dans tous les sens : escroquerie, manipulation, sorcellerie et abus de pouvoir, entre autres.

-Ce n'est pas un vrai homme de Dieu, avait lâché un soir le Pasteur Angèle en l'absence de l'Apôtre, devant l'assemblée des fidèles ahuris. Le Pasteur Jacques et moi allons bientôt ouvrir notre église, l'Église de la Grâce Miséricordieuse et du Cœur Compatissant, où l'on servira le vrai Dieu, le Dieu d'amour et non celui qu'on vous prêche ici. Dieudonné Mallah est un voleur! Cet individu est l'Antéchrist même! C'est un sorcier animé d'un esprit de Python!

Une grande clameur était montée de la foule en colère.

– C'est toi la sorcière! avait lancé une dame d'un certain âge, qui était membre du Conseil des Anciens de l'église. Comment peux-tu parler ainsi de l'Apôtre derrière son dos ?

– Non, elle dit la vérité! avait crié quelqu'un dans le grabuge. Cet homme est un escroc! Tout ce qu'il veut, c'est l'argent des fidèles du Ministère et rien d'autre.

– Arrêtez cette cabale! s'était exclamé un nouveau converti. Taisez-vous donc!

Face à tout ce déferlement d'hostilité et de haine, Nelly avait failli répondre aux détracteurs du Grand Apôtre des Nations que le Dieu d'amour était aussi le Dieu de pardon. Où était donc l'amour et le pardon que leur avait prêchés le couple pastoral dans le cadre des suivis conjugaux? Dieu attendait-Il des croyants qu'ils se déchirent de la sorte pour des choses aussi vaines que l'argent et le pouvoir ? Pourquoi le couple pastoral n'avait-il pas choisi la voie de la tolérance, qu'ils avaient eux-mêmes recommandée aux fidèles tant de fois ? Pourquoi ces rivalités et ces dissensions dans la maison de Dieu?

Une semaine après la naissance de leur deuxième enfant, Patrick lui avait annoncé que les Pasteurs Jacques et Angèle venaient d'ouvrir leur propre église, située à une centaine de mètres de celle de l'Apôtre. Leur départ avait inévitablement provoqué une scission parmi les fidèles. Pour sa part, Nelly avait clairement fait savoir à Patrick qu'elle ne suivrait pas le couple pastoral, qui avait contribué à la détérioration de leur relation maritale et qui enseignait aux fidèles des préceptes qu'il transgressait lui-même de façon systématique. L'Apôtre n'était pas parfait, mais les pasteurs adjoints non plus. Entre les deux camps, son choix était fait. Patrick décida de suivre le couple pastoral et

Nelly, l'Apôtre. C'est ainsi que le mot tabou, ce mot traitre qu'ils avaient eu du mal à prononcer autrefois, celui qu'ils avaient tenté de canaliser dans leurs pensées pour des raisons conventionnelles, se délia de la langue de Patrick pour la première fois, puis s'échappa de ses lèvres en un soupir audible :

– Nelly, je veux divorcer.

Ces derniers jours, Nelly avait passé en revue les évènements survenus dans sa vie depuis quelques années : ses déboires conjugaux, son premier accouchement, sa rencontre avec les Pasteurs Jacques et Angèle, son adhésion au Ministère de la Très Glorieuse Gloire Céleste, son implication dans l'équipe de louange, son deuxième accouchement, sa procédure de divorce et tout récemment, son licenciement au travail. Elle s'était dit qu'il était temps pour elle de prendre du recul pour se fixer de nouveaux objectifs. Elle allait aussi en profiter pour prendre soin d'elle, dorloter ses enfants et bâtir sa propre relation avec l'Être Suprême. Une relation qui ne soit ni dictée ni conditionnée par qui que ce soit…Mais avant cette prise de recul, il y avait une chose qu'elle devait faire de toute urgence, car le dimanche approchait à grands pas et elle n'avait pas oublié la vision prophétique de l'Apôtre. Le samedi soir, elle fit donc un saut à l'église pour remplir son engagement envers lui. Comme convenu le mercredi précédent, elle glissa une enveloppe d'un blanc immaculé sous la porte de son bureau. Puis elle secoua la poussière de ses pieds et s'en alla le cœur léger, sans un regard en arrière. Elle se sentait à présent libre comme l'air, impatiente de goûter ce que l'avenir allait lui préparer et fermement résolue à entreprendre sa quête spirituelle, guidée par le discernement.

Quand l'Apôtre arriva à l'église le dimanche matin à 6h30, bien avant le début du premier culte, il ouvrit la porte de son bureau et vit aussitôt l'enveloppe de Nelly par terre. Ses yeux brillèrent d'une joie immense et il sourit.

– Ma fille Nelly…Merci.

L'enveloppe était ouverte, comme l'avait recommandé le père spirituel à son ouaille. En revanche, elle était si légère qu'il enfonça machinalement ses doigts à l'intérieur pour vérifier la quantité de billets de banque qu'elle contenait, mais il n'y trouva qu'une feuille de papier blanc pliée en deux. Il déplia la feuille, sur laquelle étaient inscrits lisiblement les mots *Dieu est amour*. Une petite flèche à l'angle droit de la feuille lui indiquait d'aller au verso et il s'exécuta. Le Grand Apôtre des Nations put lire à haute voix le dernier message que lui avait laissé la plus fidèle de ses enfants spirituels :

1 Si je parle les langues des hommes, et même celles des anges, mais que je n'ai pas l'amour, je suis un cuivre qui résonne ou une cymbale qui retentit.
2 Si j'ai le don de prophétie, la compréhension de tous les mystères et toute la connaissance, si j'ai même toute la foi jusqu'à transporter des montagnes, mais que je n'ai pas l'amour, je ne suis rien.
3 Et si je distribue tous mes biens aux pauvres, si même je livre mon corps aux flammes, mais que je n'ai pas l'amour, cela ne me sert à rien.
4 L'amour est patient, il est plein de bonté ; l'amour n'est pas envieux ; l'amour ne se vante pas, il ne s'enfle pas d'orgueil,
5 il ne fait rien de malhonnête, il ne cherche pas son intérêt, il ne s'irrite pas, il ne soupçonne pas le mal,
6 il ne se réjouit pas de l'injustice, mais il se réjouit de la vérité ;
7 il pardonne tout, il croit tout, il espère tout, il supporte tout.
8 L'amour ne meurt jamais.

Table des matières

Avant-propos 7

PARTIE I EXPOSITION **9**

PANORAMIQUE 11

DRAMATIQUE 23

SYMBOLIQUE 35

DÉCORUM 43

HUMANOÏDE 49

PARTIE II BOUTS DE VIE **57**

LE VIEIL HOMME ET LA VILLE 61

CARNET D'UN RETOUR À LA VILLE NATALE 75

CRIS DE LIONNES 109

L'ÉTRANGÈRE 161

LA GRANDE QUÊTE 183

Structures éditoriales du groupe L'Harmattan

L'Harmattan Italie
Via degli Artisti, 15
10124 Torino
harmattan.italia@gmail.com

L'Harmattan Hongrie
Kossuth l. u. 14-16.
1053 Budapest
harmattan@harmattan.hu

L'Harmattan Sénégal
10 VDN en face Mermoz
BP 45034 Dakar-Fann
senharmattan@gmail.com

L'Harmattan Cameroun
TSINGA/FECAFOOT
BP 11486 Yaoundé
inkoukam@gmail.com

L'Harmattan Burkina Faso
Achille Somé – tengnule@hotmail.fr

L'Harmattan Guinée
Almamya, rue KA 028 OKB Agency
BP 3470 Conakry
harmattanguinee@yahoo.fr

L'Harmattan RDC
185, avenue Nyangwe
Commune de Lingwala – Kinshasa
matangilamusadila@yahoo.fr

L'Harmattan Congo
219, avenue Nelson Mandela
BP 2874 Brazzaville
harmattan.congo@yahoo.fr

L'Harmattan Mali
ACI 2000 - Immeuble Mgr Jean Marie Cisse
Bureau 10
BP 145 Bamako-Mali
mali@harmattan.fr

L'Harmattan Togo
Djidjole – Lomé
Maison Amela
face EPP BATOME
ddamela@aol.com

L'Harmattan Côte d'Ivoire
Résidence Karl – Cité des Arts
Abidjan-Cocody
03 BP 1588 Abidjan
espace_harmattan.ci@hotmail.fr

Nos librairies en France

Librairie internationale
16, rue des Écoles
75005 Paris
librairie.internationale@harmattan.fr
01 40 46 79 11
www.librairieharmattan.com

Librairie des savoirs
21, rue des Écoles
75005 Paris
librairie.sh@harmattan.fr
01 46 34 13 71
www.librairieharmattansh.com

Librairie Le Lucernaire
53, rue Notre-Dame-des-Champs
75006 Paris
librairie@lucernaire.fr
01 42 22 67 13

www.ingramcontent.com/pod-product-compliance
Lightning Source LLC
LaVergne TN
LVHW021947220826
846091LV00015B/4119

9782140298059